O DESTINO DO LOBO

PAOLA GIOMETTI

O DESTINO DO LOBO

© Elo Editora / 2020

Texto fixado conforme o Acordo Ortográfico da Língua Portuguesa de 1990. (Decreto Legislativo nº 54, de 1995).

Todos os direitos reservados. Nenhuma parte desta obra pode ser reproduzida ou transmitida por qualquer meio (eletrônico ou mecânico, incluindo fotocópia e gravação), ou arquivada em qualquer sistema ou banco de dados, sem permissão da Elo Editora.

Publisher: Marcos Araújo
Coordenação editorial: Luciana Nascimento
Gerente editorial: Cecilia Bassarani
Revisão: Paulo Pompêo
Diagramação: Vinicius Gaion
Capa: Mirella Santana
Imagens utilizadas na capa: ©actionsports/Depositphotos

Dados Internacionais de Catalogação na Publicação (CIP)
(Câmara Brasileira do Livro, SP, Brasil)

Giometti, Paola
  O destino do lobo / Paola Giometti. -- 1. ed. -- São Paulo : Elo Editora, 2020. -- (Fábulas da Terra ; 1).

  ISBN 978-65-86036-16-9

  1. Ficção - Literatura infantojuvenil I. Título. II. Série.

20-36425 CDD-028.5

Índices para catálogo sistemático:

  1. Ficção : Literatura infantojuvenil 028.5

  2. Ficção : Literatura juvenil 028.5

Cibele Maria Dias - Bibliotecária - CRB-8/9427

Elo Editora Ltda.
Rua Laguna, 404
04728-001 – São Paulo (SP) – Brasil
Telefone: (11) 4858-6606
www.eloeditora.com.br

eloeditora eloeditora eloeditora

À minha irmã Ana Claudia, aos nossos mascotes Nino e Felícia e a todos os que veem em um cão algo mais do que um amigo.

Capítulo 1

O vento soprou contra a alcateia, apurando os sentidos dos lobos. Uma rápida troca de olhares no cair da noite cinza foi suficiente para uma instantânea sincronia de pensamentos. Passadas curtas e leves sobre a neve foram substituídas por uma marcha acelerada e compassada, no ritmo de seus corações ansiosos por aquela caçada.

Uma águia gritou no céu, ganhando a atenção da loba alfa da alcateia, antes de pousar no topo de um rochedo e, de lá, observar atentamente toda a ação por parte daqueles lobos.

O cheiro selvagem da fuga dos cervos instigou os carnívoros a continuar. Quando viram o bando se separar diante de um despenhadeiro, os lobos vislumbraram a oportunidade de findarem aquela caçada com sucesso. Então, a loba alfa avançou com mais voracidade, escolhendo o caribu[1] que sua alcateia deveria abater. Os lobos conheciam aqueles rochedos. Muitas outras caçadas foram feitas por lá.

A escolha havia sido boa, pois aquele cervo era grande e saciaria a fome da alcateia. Não era mais preciso assustar o animal para que se desnorteasse em fuga. A loba alfa aguardou o momento em que ele tentaria escalar a barreira de rochas para imediatamente lançar-se em seu flanco. E assim ela fez: usou a força de suas garras e suas presas para que o animal não escapasse. Então vieram os outros sete lobos. Logo, o cervo estava dominado pela sincronia daqueles farejadores. Os lobos mais jovens faziam uso da força para tombá-lo, mas, na natureza, nenhum animal sadio se entrega facilmente à morte.

Quando finalmente o cervo parou de se agitar, a loba alfa uivou. Da mesma maneira, os outros lobos corresponderam, ansiosos

---

[1] Caribu (ou rena) é um cervídeo, animal herbívoro habitante das florestas boreais no hemisfério Norte (inclusive Alasca e Canadá). Pode chegar a 300 quilos.

por saciar a fome. Por direito, a líder escolheu sua parte. Depois os outros se puseram a comer. Viveriam mais um dia para uma nova caçada.

***

Eu havia aprendido com meu bisavô o significado de muitos gestos da natureza, mesmo tendo nascido na cidade e por lá continuar morando. Tomei conhecimento de significados espirituosos de tantas coisas, que jamais uma aula de ciências teria me ensinado. A caçada dos lobos foi uma das histórias mais notáveis que ele me contou quando eu era bem pequeno. Ele sempre tinha algo a me ensinar.

— A águia, pousada no topo do rochedo, viu os oito lobos se curvarem diante do cervo morto — continuou meu bisavô a contar. — Ela sabia que os animais viam o ato de comer como algo sagrado. É por isso que quase todos se curvavam diante do alimento para comê-lo.

Naquele instante, ele fez um gesto igual ao que fazemos para levar o alimento até a boca, declinando um pouco a cabeça.

— É assim que nós comemos! — falei, admirado com aquela revelação. — Nós também abaixamos a cabeça para buscar o alimento. Só que usamos o garfo.

— Isso mesmo. Já os lobos comem assim: reverenciando o próprio alimento — então se encurvou, abaixando a cabeça, quase a tocando no chão.

— Assim? — eu o imitei, mostrando que tinha mais habilidade do que ele. — Estou reverenciando?

Com aqueles olhos ternos e enrugados, ele me olhou e sorriu:

— Quando seu avô tinha dezesseis anos, eu o levei a uma viagem para mostrar-lhe algo muito sutil. Seu pai teve o mesmo privilégio nessa mesma idade. Então, para manter essa tradição, se eu estiver vivo até você completar os seus dezesseis anos, eu gostaria muito de poder levá-lo a conhecer um lugar extraordinário.

Capítulo 2

Ao longo dos anos, constantemente lembrei meu bisavô sobre aquela viagem que havia me prometido. Toda as vezes, ele me olhava de forma curiosa, sorria, abria os braços e uivava olhando para cima. Aquilo me deixava terrivelmente ansioso e, no fim das contas, eu acabava rindo daquele jeito dele.

— O senhor irá me levar para ver os lobos, é claro!

— Se fosse para ver lobos, eu o levaria ao zoológico, não acha? — simplesmente respondia.

Conforme fui ficando mais velho, vê-lo abrir os braços e uivar alto onde quer que estivesse deixava-me muito sem graça. Com o tempo, fui me esquecendo daquela promessa, se bem que, vez ou outra, me lembrava dela quando ouvia as pessoas falando sobre montanhas e lobos.

No dia em que completei dezesseis anos, muitos amigos e familiares vieram em casa para me felicitar, inclusive meu bisavô. Ele se aproximou sorrindo e me entregou um envelope. Dentro, havia dois bilhetes de viagem de trem.

Ele abriu os braços e eu pensei que fosse uivar para o alto na frente de todas aquelas pessoas, mas ele não fez isso. Apenas esperou um abraço e me beijou na face. Sorri e abracei o velho de modo tão apertado que quase pude ouvir seus ossos estalarem.

***

O trem foi a parte fácil da jornada. Depois de horas nos deslocando pela paisagem da taiga, repleta de pinheiros envoltos por montanhas frias e lagos calados e escuros, pudemos avistar uma cabana bem no alto. Havíamos chegado no horário certo, pois o dia já se transformava em um crepúsculo anuviado.

— Essa cabana que você vê sobre a montanha pertence à minha família há várias gerações. Era bem ali que muitas lendas foram traduzidas pelo seu tataravô. Chegou o momento de ver de perto as suas histórias.

O velho se apegava mesmo às tradições familiares. Desde que eu era muito pequeno, ele vinha me contando coisas de nossos antepassados. Agora, ele queria contar mais um capítulo da saga de nossa família.

A cabana era simples, de madeira. Tinha apenas um cômodo, com uma porta e uma janela. Dava para ver que nossos antepassados a usavam somente para dormir.

Depois de deixarmos nossos pertences, saímos. Acenderíamos uma fogueira a fim de cozinharmos algo para comer. De sua bolsa, tirou um livreto.

Tudo aquilo havia mexido muito comigo. Foi a primeira vez que vi a vida selvagem tão de perto. Sentei-me diante do fogo que, além de aquecer e cozinhar, também servia para manter os animais distantes.

— Há lobos por aqui, certo?

Ele me contemplou de forma interessante. Naquele momento, veio se sentar ao meu lado.

— Hoje você ouvirá uma história na companhia da aurora boreal — sorriu e apontou o céu colorido, com luzes dançantes. — Uma aventura que meu avô me contou quando eu também tinha a sua idade. A lenda de uma loba chamada Kushi.

— Seu avô é o que meu?

— Ele é seu tataravô. O homem que construiu esta cabana.

Por mais que eu fosse um jovem da cidade, histórias de animais selvagens sempre me fascinavam. A cada história era como se eu voltasse no tempo, àquela época em que era apenas uma criança.

Nunca mais fui o mesmo depois das histórias que escutei. Ainda me lembrava daquela do lobo que reverenciava o alimento na hora de comer. Depois disso, nunca mais vi o alimento como algo que simplesmente ficava sobre a mesa, esperando ser devorado.

Olhávamos para as montanhas e para a dança de cores no céu, ocasionadas pela aurora boreal. Para a ciência, aquilo não passava de um fenômeno óptico. Mas os antigos enxergavam a aurora boreal como algo místico.

— A lenda de Kushi nasceu numa época em que poucos homens ainda compreendiam os animais somente pelo seu olhar.

E, abrindo o livreto, um caderno de anotações costurado, esboçou emoção e um sorriso. Arrepiei-me diante da coleção de lobos e outros animais selvagens desenhados à mão pelo meu tataravô.

— Ele olhava pela janela de nossa cabana e, inspirado nas vozes que dizia ouvir da aurora boreal, desenhava a lenda de Kushi.

Uma lágrima escorreu pelo seu rosto, como se contar-me aquela história pudesse fazê-lo voltar no tempo e viver a situação comigo ali ao seu lado.

— Kushi era uma loba de pelagem dourada e branca que, de dia, parecia o fogo e, de noite, o cintilar de um lago. Tinha feições fortes, característica comum dos lobos primitivos: porte grande, dentes robustos e olhar rude.

O velho pareceu adorar descrever Kushi. Às vezes, acho que ele gostaria de ter tido um lobo como ela. Porém, muito mais do que descrever, o que ele estava parecendo gostar mesmo era de poder contar aquela história que muitos diziam ser só uma lenda narrada pelos ancestrais das tribos que viveram ali há milhares de anos. No fundo, acredito que não seja somente uma lenda, mas sim a mais fiel reprodução da verdade.

Ele me disse que houve uma noite em que o vento estava forte e arisco, balançando os pinheiros ruidosamente sob a Lua nova, que prometia uma escuridão mais rigorosa. A alcateia estava em silêncio, percebendo que a natureza dizia muitas coisas com todos aqueles gestos. Era assim que os lobos ouviam o que a terra tinha a lhes dizer. Naquela noite, os lobos escutaram o grito de uma águia enquanto viam a dança das luzes coloridas no céu. A alcateia estranhou ouvir à noite um animal de hábitos diurnos. Algo estava diferente.

A aurora boreal havia trazido consigo a imagem dos ancestrais dos lobos — espíritos sagrados e de grande sabedoria. Quando um lobo ouvia o uivo de um ancestral, era porque havia sido predestinado a alguma tarefa importante, e quando um lobo ancião ouvia esse uivo, estava prestes a se tornar ancestral com a chegada da morte natural. Naquela noite, não foi somente a Lua cheia que inspirou os lobos. Imagens colossais de seus ancestrais irromperam na aurora boreal.

Tuska, a loba marrom, era a mais velha. Os últimos uivos dos ancestrais foram ouvidos por ela. Contudo, naquela noite, Kushi também pôde ouvi-lo. O som parecia bater contra seu peito, fazendo o corpo da loba alfa tremer. O restante da alcateia não compartilhou aquele contato singular dos ancestrais. Apenas a anciã e a loba alfa foram tocadas pelo Grande Uivo naquela noite. Kushi olhava aquelas imagens com um misto de medo e emoção. Pouco entendia o que estava acontecendo. Devido à quase cegueira, Tuska olhava para o céu, mas nada via. Somente pôde ouvir o uivo.

Os ancestrais se foram com o vento.

Tuska caminhava com os olhos quase brancos da velhice. Dizia ela que a cegueira era a última etapa da vida de um lobo, e que os ancestrais a preparavam para que o seu último uivo fosse dado. Aquela foi a primeira vez que encontrou Kushi sem confundi-la com outro lobo. Geralmente, Leksy, a loba branca quase tão velha quanto Tuska (mas ainda com boa visão), a acompanhava para ajudá-la a identificar os lobos companheiros da alcateia. Sabia que a loba alfa havia escutado o Grande Uivo dos ancestrais.

Kushi era um dos jovens lobos mais fortes da alcateia. Conquistou a liderança do grupo depois de lutar com seus companheiros após a morte de Luter, o lobo alfa antecessor de Kushi. Numa noite fria de primavera, Luter havia seguido os rastros de um bando de caribus, denunciados pelo cheiro selvagem que vinha do Sul. Ao atravessar a margem de um rio para alcançar sua caça, a primavera arrebentou as águas congeladas. Luter foi levado pelas correntezas de águas gélidas e profundas.

Havia se passado quase duas primaveras desde que Kushi se tornou a loba alfa. A alcateia prosperava com a caça abundante e crias que haviam crescido sadias.

— Kushi.

Tuska chamou a loba alfa, olhando-a vagamente com os olhos quase cegos. A líder sempre ouvia os conselhos dos lobos mais velhos.

— O Grande Uivo foi escutado.

— O Grande Uivo? Então aqueles que vi no céu eram os...

— Não eram só as estrelas.

Pasma, Kushi não conseguiu terminar a frase e já tentou pronunciar outra, sem sucesso.

— Então... quer dizer que...

— Os ancestrais a escolheram — sentenciou Leksy.

— Mas... Eu?... Para quê? — Kushi olhou para o céu, assustada.

Antes que a velha loba marrom pudesse dizer alguma coisa, a loba alfa desabou na neve como se houvesse mergulhado em um profundo sono, com espasmos e ganidos. Quando recobrou a consciência, todos enxergaram nela uma expressão de desolação, enquanto arfava-lhe o peito.

Uma grande loba prenha se aproximou, curiosa, e cheirou a recém-acordada. Era Lohri.

— Kushi...? Você está bem?

Kushi olhou ao seu redor, ainda atordoada com o que havia se passado.

— Você teve uma boa visão dos ancestrais? — Nipo quis saber, imediatamente. Era um dos lobos mais preocupados em executar os ensinamentos dos ancestrais.

— Não sei como... mas os ancestrais querem que salvemos a nossa espécie.

— Corremos perigo? É a alcateia de homens caçando os lobos? — indagou Anik, que era a menor deles, mas reconhecida por sua notável esperteza.

— É pior do que ser caçado e morto — soou tremulamente a voz preocupada de Kushi.

A velha loba marrom se levantou e caminhou até ela. Todos os outros lobos murmuravam, tensos.

— O que é pior do que a morte? — questionou Tuska.

— Ser domado — respondeu a loba alfa, num tom preocupante. — Os ancestrais disseram que os lobos serão domados pelos homens em suas aldeias.

— Domados?

Leksy, a loba branca e experiente, já ouvira falar que o Homem tentava amansar alguns lobos há algum tempo.

— O que foi que você viu? — Nipo perguntou.

Este lobo agora tinha um motivo a mais para se preocupar com a preservação da sua família: os filhotes de Lohri também eram dele.

— Vi um focinho tocar a minha testa e escutei um outro longo uivo. Surgiu a misteriosa sombra da aurora boreal desenhar imagens que me deixaram... petrificada.

Os lobos ouviam a história atentamente.

— Nossos descendentes estavam escravizados, amarrados, famintos e cansados sob o Sol e a chuva, abandonados à solidão e à morte. Eram criaturas semelhantes aos lobos, mas levemente diferentes. Aquele parecia ser o destino do lobo.

A alcateia estava chocada com aquela cena narrada por Kushi. Murmúrios revelaram sua indignação. Então continuou a contar o que viu, e uma escuridão ainda maior caiu sobre eles. Falou sobre filhotes indefesos, abandonados e jogados pelos homens em largas e estranhas trilhas de chão negro, onde corriam grandes monstros com olhos que iluminavam. Os filhotes desviavam da morte, e os que não conseguiam, encontravam-na cedo demais.

— Os ancestrais nos mostram que esse será o destino de nossos descendentes daqui a incontáveis primaveras — falou Kushi, com temor.

— Será mesmo que é preciso tanto tempo? — Tuska sussurrou.

A líder abaixou a cabeça, lembrando-se de que aquele ano foi a sua primeira tentativa de ser mãe. Mas ela não havia conseguido. Por um momento, sentiu alívio, temendo o destino que poderia ter sua ninhada, caso os homens conseguissem capturá-los.

— Este é um aviso para lutarmos contra esse destino — completou Tuska.

Todos as olharam desolados. Quando um lobo nascia, aprendia que o Homem era um animal perigoso, que comandava o fogo e tentava dominar os animais.

— Eu não ouvi os ancestrais — soou uma voz gutural entre os lobos. Era de Ludo, o lobo de pelos longos e negros —, mas estou de acordo. Todo lobo é responsável por tentar mudar este destino.

— Os homens têm domesticado os lobos para fazê-los seus escravos — falou Nipo, quando se dirigia ao alto de uma pedra. — Já vi lobos mudarem suas condutas e se tornarem monstros por se unirem aos homens.

— Alcateias assassinas feitas da união entre homens e lobos — enfatizou Lohri. — Essa parceria está aumentando a cada dia, pois os lobos estão procriando em cativeiro. Não é mais seguro caminhar na floresta com nossos filhotes.

— Lohri e Nipo têm razão — concordou Leksy. — É preciso nos organizarmos antes que seja tarde. Algumas aldeias de homens têm estado muito quietas ultimamente. Mas o vento nos traz o cheiro do Homem com o de lobos. Um cheiro mestiço e perigoso.

— Um lobo não pode com o Homem — lembrou Nipo. — Jamais poderemos com o fogo maldito que eles sabem fazer.

— Não haverá lobo com valentia suficiente para impedir que sejamos dominados. Não podemos contra as aldeias dos homens — concordou Ludo.

— Muitos são jovens e fortes — falou Kushi, caminhando entre todos. — Não nascemos com esse destino porque os mais velhos protegeram a espécie. Não fomos caçados porque fomos protegidos. Só nos resta proteger nossas futuras crias.

Todos olharam Kushi. Provavelmente nunca haviam pensado daquela forma, pois os lobos alfas sempre tomavam decisões fundadas no presente, e não no futuro. Os olhos esbranquiçados de Tuska revelaram admiração. Leksy, que era uma loba experiente, mas não tão velha quanto a marrom, caminhou até a nobre Kushi e olhou com orgulho para aquela que um dia havia sido o seu filhote. Não era por acaso que se tornara a loba alfa.

— Aconselho que vá falar com Kodiak, o grande urso-pardo — disse Leksy.

Seu focinho branco tocou a cabeça de Kushi. Imediatamente ela sentiu coragem e, por um instante, pareceu pequena como um esquilo. Leksy continuou:

— O grande urso já enfrentou os homens e saberá lhe dizer o que é preciso para vencê-los.

"O grande urso-pardo?", pensou Kushi, apreensiva. Nunca havia escutado uma história em que um animal ousasse cruzar o seu caminho. Ela mesma nunca vira o urso em toda a sua vida.

— Dingo — chamou Tuska. — Onde está Dingo?

A velha e quase cega loba marrom não ouviu uma só voz entre os lobos.

— Deve estar na toca, dormindo como sempre — concluiu Leksy. — Aquele velho lobo inconveniente sabe chegar até onde o urso está.

Quando ouviu o nome de Dingo ser pronunciado, Kushi sentiu um frio na barriga. Suas orelhas latejaram. Ninguém esperava ter que ser guiado por um lobo excêntrico durante uma jornada tão importante.

— Dingo não tem sido um lobo muito espiritualizado, Tuska — questionou Leksy.

— Então está na hora de voltar a ser — falou Tuska, apontando o focinho para a colina abaixo, onde estava a toca de Dingo. — Ele sabe onde o urso habita. Sei que ele sabe.

Dingo era um dos melhores farejadores daquela alcateia. Encontrava as melhores caças, mas não tinha qualquer habilidade para apanhá-las. Diziam os mais velhos que aquele lobo nasceu quase surdo e, por isso, fazia barulho demais por onde passava, além de interromper conversas importantes e falar demais, se comparado a um lobo comum. Mas, em geral, passava a maior parte do tempo em tocas que ele mesmo cavava. Diziam que estava desenganado da vida depois que seu irmão mais velho, Luter, havia morrido. Via nele o lobo que sempre quis ser.

— Dingo! — chamou Leksy do lado de fora. — Dingo, levante-se! Estamos em reunião.

Nada ouviram. Kushi achou que assim era melhor. Não queria que sua jornada tivesse de começar daquele jeito. Mas não seria tão fácil farejar o urso sozinha.

— Dingo! — gritou Leksy. — Acorde, lobo velho!

Então, um resmungo ecoou para fora daquela toca, que cheirava a fermentação de pinheiro. Um lobo negro com a pelagem embaraçada surgiu com os olhos semicerrados.

— Já estou diante de um ancestral? — provocou o lobo zombeteiro, olhando para Tuska e Leksy. — Ancestral, o que é que está acontecendo na frente da minha toca? Ainda não está na hora de este velho aqui se juntar a vocês! Estou com preguiça... — falou, esticando as patas na neve, espreguiçando, e bocejando logo em seguida.

Leksy acertou a ponta do focinho de Dingo com a parte macia de sua pata e um ganido escapou do lobo, que colocou o rabo entre as pernas.

— Precisamos de um favor, Dingo — Tuska estava calma, mas manteve um tom grave.

— Um favor? Outro favor? Vocês só vêm a mim com interesses — falou Dingo, num cambaleio. — Tá, pode contar com este lobo velho aqui — olhou para Kushi com um sorriso e um muxoxo.

— Precisamos que leve Kushi para ver o urso-pardo — anunciou a loba marrom.

— Kodiak? — repetiu o lobo negro. — Mas para quê? Não sabem que esse urso não é amigável? Isso não é coisa boa...

— Não há tempo de explicar agora. A loba alfa decidiu que você vai, então você vai sem questionar — sentenciou Tuska.

O velho lobo negro se calou por um instante. Então, continuou:

— Ora, se você coloca dessa forma, é claro que eu posso fazer isso. Amanhã não tenho nada para fazer mesmo...

— Mas é para agora — disse Leksy —, ou nossa espécie desaparecerá.

Ele ficou calado e olhou para Kushi.

— E vocês esperam que um lobo que não sabe caçar e uma alcateia conduzida por uma loba inexperiente consigam salvar nossa espécie? Aliás, salvar de quê, hein?

— Ninguém respondeu. Todos se entreolharam encolhidos, imaginando se aquelas palavras poderiam despertar a fúria da loba alfa e que, em seguida, ela banisse Dingo da alcateia, como castigo. Entretanto, Kushi percebeu que o velho poderia estar certo.

Mas quando olhou para os lobos, estava claro que todos iriam com ela nessa jornada, pois um lobo jamais caminha sozinho. Ela sabia que podia contar com sua família.

— Estamos em sete — contou Tuska.

— Em oito — sussurrou Leksy em seu ouvido, percebendo que a velha não havia enxergado bem.

— Em oito — corrigiu-se, como se não tivesse errado. — Somos uma família de oito lobos em uma jornada incerta. Se um de nós padecer, Kushi, siga sempre adiante, como os ancestrais nos ensinaram.

Dingo sacudiu seus pelos.

— Opa! Padecer? Como assim?

Kushi acenou com a cabeça, compreendendo que a escolha de deixar um lobo para trás apenas seria tomada quando um membro da família estivesse incapacitado de continuar. Assim era há milhares de anos ensinado pelos ancestrais, e era assim que a espécie se preservava. Virou-se para Dingo e contou sobre o *Grande Uivo*.

No fundo, aquele velho lobo negro percebeu que era a sua chance de fazer algo em nome de seu falecido irmão Luter e seus descendentes. E sorriu com orgulho.

Capítulo 3

Os lobos se perguntavam como Dingo poderia realmente conhecer o caminho que levaria ao temido urso. Muitas vezes, trocaram olhares desconfiados, imaginando se um lobo que não sabia caçar pudesse se lembrar de algum caminho pela floresta.

Dingo os guiou pelo pé das montanhas, num compasso acelerado e ansioso. Suas pegadas eram realmente maiores do que as dos outros lobos, e seus dedos se enroscavam nas folhas dos arbustos desengonçadamente. Mas os lobos confiavam em seu farejar agitado como o de um pequeno esquilo. A líder, durante muitos momentos, provava aquele ar com o nariz, procurando se atentar a todos os cheiros que por ali passavam. Era necessário jamais esquecer aquele caminho, pois um lobo precisava estar sempre preparado para se separar da alcateia e depois tentar, a todo custo, reencontrá-la, mesmo sabendo que ela jamais o esperaria.

Os vales tinham uma cobertura verde-clara suave, característica dos brotos no início da primavera. Kushi apreciava o nascimento das vegetações, pois aquela visão parecia fazer esquecer-se por algum momento de todo aquele frio.

— Como sabe o caminho até o velho urso? — perguntou a líder, tentando alcançar Dingo, que ia à frente com pressa.

Dingo olhou para trás e sorriu de forma divertida.

— O urso é um velho amigo.

Tuska lançou um rosnado no ar, e logo o velho lobo retomou a conversa.

— Na realidade, eu era um jovem lobo que não estava tão preocupado em seguir com os outros em longas caçadas. Numa dessas, farejei um cheiro tão ruim, mas tão desagradável que decidi por minha conta e risco saber o que era aquilo que andava pelas florestas acompanhado de um aroma tão distinto. Não é mesmo de hoje que Kodiak fede.

Os lobos da alcateia escutavam aquela história com graça. Todos sabiam que Dingo tinha apenas histórias estranhas a contar.

— Cruzei cinco montanhas e contei mais de uma vez todas elas para ter certeza de que eram cinco montanhas e não apenas cinco colinas ou morros, pois o cheiro das colinas não é o mesmo dos morros nem das montanhas.

Dingo ria, como se contasse algo relevante para os mais jovens, ignorando, porém, que eles quase não compreendiam a confusão que ele fazia com as informações, algumas delas muito irrelevantes. E ainda continuou:

— E foram exatamente cinco montanhas inteiras até que eu conseguisse alcançar uma planície verde e cheia de folhas de pinheiros fermentadas pelo calor. Aquilo foi o auge da minha inspiração!

Os lobos se entreolharam curiosos, e então sorriram.

— Cinco pés de montanhas — falou Lohri, apurando somente a informação que lhes interessavam. — Já passamos uma.

Os lobos perceberam que o cansaço e a fome certamente os tomariam muito em breve. Cinco montanhas eram uma distância muito grande. Kushi percebeu que seus lobos motivados iriam até o fim. Essa era uma força que os levava sempre em frente.

Dingo então percebeu que não havia contado o fato por completo. Quase sempre parava no meio de suas histórias, e se esquecia de todas as outras coisas que deveriam ser ditas.

— E lá estava o urso velho — completou Dingo num sorriso. — Aquele urso era feroz, e como era feroz! Territorialista até os bigodes dos ancestrais!

— Mas o que o torna tão sábio? — indagou Nipo. — Não há um esquilo mais sábio do que este urso para procurarmos? — ironizou.

— Esse urso é tão velho que não há nem como contar a sua idade. Quando Tuska nasceu, o urso já era velho — e riu.

Tuska olhou para o lobo negro de pelos embaraçados e rosnou, abocanhando um arbusto ao pensar que aquele fosse o rabo dele. Então, resmungou qualquer coisa no ar.

Mas um estranho grito reverberou entre as montanhas, fazendo Kushi parar de repente e, espantada, eriçar os pelos do dorso. Os lobos rosnaram, olhando para a escuridão que havia a Oeste. Kushi lançou um uivo cheio e vigoroso, incentivando os outros lobos da alcateia a repetirem aquele ato. Era assim que os lobos amedrontavam seus possíveis predadores: revelando-se em maior número, fortes e perigosos, a quem pretendesse arriscar uma proximidade além dos limites aceitos pela alcateia.

Kushi rapidamente uivou uma última vez e correu com os lobos pelos pés das montanhas, onde rapidamente embrenharam-se pela paliçada de troncos da floresta de pinheiros. Os velhos lobos conheciam aqueles caminhos, que lhe eram muito familiares nos tempos em que os verões atraíam cervos para as vegetações rasteiras dos descampados. Leksy e Tuska bem se lembravam dos tempos em que cercavam o alimento nos beirais dos rochedos escondidos em alguns trechos da escura floresta de coníferas.

O vento espalhou o cheiro dos lobos e um frio na barriga atingiu Kushi, ao perceber que aquilo os deixaria em apuros. Escutaram dezenas de gritos assustadores e um caminhar pesado sobre a neve. Tentaram desviar a rota, assustados.

— Eles estão perto demais! — ganiu Dingo. — Posso sentir o cheiro dos homens assombrando minhas narinas.

— O vento está louco! — falou Kushi. — Não consigo farejá-los direito. Conseguem ouvi-los?

— Não os escuto mais — respondeu Lohri.

— Também não consigo mais vê-los — completou Ludo, olhando para a escuridão.

— O vento não está a nosso favor — disse Dingo — mas, mesmo assim, sinto o cheiro perigoso dos homens, e também conheço o odor de quando sentem medo. Quando estão com medo, são tão perigosos quanto um urso assustado.

— Mas eles não estão com medo. O fogo que sabem fazer é tão mortal quanto o urso-pardo. — falou Nipo. — Já vi o que aquelas chamas podem fazer com os galhos secos dos pinheiros.

Inúmeros homens surgiram das sombras dos pinheiros, como criaturas assustadoras da noite. Os lobos saltaram contra aquele ataque investido, espantados com a emboscada. Jamais haviam visto um grupo de homens tão hábeis para emboscar lobos.

— Há um lobo entre eles! — rosnou Ludo.

Uma sensação de traição atingiu a alcateia de Kushi. A sua própria espécie os estava ameaçando. Os lobos se esquivaram dos homens e perceberam que eles haviam apagado inúmeras tochas na neve, pois viram fumaça e sentiram um cheiro forte de madeira queimada ser exalado. O estranho lobo guiava os homens pela escuridão, acostumados à fraca luminosidade noturna.

Durante aquela fuga, com os lobos desviando a rota para despistarem os homens no escuro, um ganido profundo ecoou da garganta de um dos lobos.

— Lohri! — exclamou Nipo, desesperando-se ao vê-la rolar pela neve ao ser golpeada com força em seu flanco.

A loba de grande porte se levantou num sobressalto e, parecendo recobrar suas forças, correu ainda mais rápido para alcançar sua alcateia antes que ficasse para trás e os homens conseguissem caçá-la. Mal conseguiu prestar atenção por onde pisava. A loba deixou ser guiada pelo rastro de seus amigos lobos, e escutava a todos chamarem-na para uma corrida desenfreada. Uma dor intensa quase a fez parar por mais de uma vez. No entanto, não havia nenhuma mancha de sangue em sua pele que denunciasse qualquer ferimento alarmante. Então ela correu o máximo que pôde. Era a única chance que tinha de sobreviver.

Mesmo quando os lobos despistaram os homens, não pararam sua busca. Era preciso manter um ritmo acelerado. Percorreram a floresta aos pés das montanhas, e estavam tão assustados com aquele encontro às escuras que quase não se lembraram do perigo que correriam ao entrar no território do urso-pardo. Aquele seria outro encontro alarmante. Kushi nada disse, mas estava muito ansiosa para conhecer o carnívoro que já havia enfrentado os homens e sobrevivido. Ele certamente conhecia os pontos fracos daquele perigoso animal que crescia nas aldeias.

***

Dingo sentiu que a neve abaixo de seus pés estava um tanto macia. Desviou daquele ponto, pois queria evitar que afundasse demais. Sentiu uma porção de ramos escondidos sob a neve enroscar-se em suas patas. Entretanto, o velho lobo apenas parou e nada disse. Não queria mostrar à alcateia que estava ali, outra vez, atrapalhando mais uma jornada por não saber escolher os melhores lugares em que pisava.

— Dingo... — Kushi chamou, ao vê-lo parar.

Anik sempre prestava atenção a Dingo. Ela sabia que ele precisava de ajuda e, por isso, mesmo sem ele saber, estava sempre de olho nele.

— Dingo, o que está acontecendo? — Anik avançou rapidamente.

Então, viu o velho lobo olhar para ela numa fração de segundo, antes de seu corpo afundar na neve e desaparecer por completo. Ouviram um ganido.

— Dingo! — gritou Kushi, correndo ao seu alcance.

A alcateia parou, assustada, e olhou para trás.

— O que houve? — Tuska saltou, preocupada.

— Dingo caiu num buraco — explicou Kushi, preocupada.

A queda do lobo levantou partículas de neve no ar, dificultando a visão de seus companheiros, que não o enxergavam.

— Tem certeza de que ele caiu, ou ele se jogou lá dentro? — Disse Ludo, mostrando os dentes como se sorrisse.

Os lobos já olhavam para o buraco em que Dingo caíra, quando Tuska foi impedida por Leksy de caminhar.

— Isso é uma armadilha. Um fosso feito pelo Homem — falou Tuska.

Os lobos estremeceram ao ouvir aquelas palavras.

— Não consigo farejar os homens — disse Nipo.

— É uma armadilha antiga e provavelmente esquecida — deduziu Leksy.

— Olhem! — Ludo havia notado alguma coisa. — Eu consigo vê-lo!

Quando as partículas de neve foram se assentando, os lobos olharam para o fundo do fosso e viram Dingo, deitado.

— Dingo! Dingo! Você pode me ouvir? — Kushi queria saber se ele havia sobrevivido àquela queda, afinal, não era mais um jovem lobo.

Percebendo que Dingo nada dizia, a loba alfa cheirou o ar muito preocupada. Havia uma porção de pedras lá embaixo, e o velho devia ter batido com a cabeça.

— Eu posso vê-lo respirar! — disse Lohri. — Olhem!

Kushi conseguiu ver a fumaça de ar quente que saía do focinho de Dingo, em sua respiração. Então olhou para a sua alcateia.

— Nós precisamos ajudá-lo, mesmo que isso seja muito perigoso — completou Kushi. — Dingo sabe onde é o *habitat* do urso-pardo.

Tuska era uma das lobas que instruiu Kushi sobre os ensinamentos dos ancestrais. Foi ela quem a orientou sobre uma alcateia não se arriscar por um lobo. No entanto, Kushi estava certa. Era preciso salvar Dingo se quisessem chegar ao urso. E, antes que os lobos tivessem tempo de contrariar a escolha de Kushi, Anik interveio rapidamente com uma solução:

— Podemos jogar neve lá embaixo. Conseguiremos tirar Dingo de lá tornando o fosso raso.

— Sim — concordou Lohri, que era ótima em escavadas. — Vamos cavar a neve.

Mas, ao sinal do primeiro movimento, a fêmea ganiu e se contraiu numa dor lancinante. Os lobos a olharam preocupados, mas ela nada disse a respeito, e somente se afastou.

Anik empurrou com seu focinho um pequeno monte de neve, que caiu no fosso acertando a cara de Dingo. O lobo deu um pulo, seguido de um ganido alto.

— Ancestral celestial! — gritou, ainda ganindo. — Alguém está me enterrando vivo!

Os lobos sorriram aliviados ao verem que o velho lobo negro estava bem.

— Dingo! — chamou Anik. — Vamos deixar o fosso mais raso para você conseguir subir.

A jovem loba começou a cavar e afofar a neve. Nipo e Ludo se juntaram a ela. Enquanto isso, Kushi e Leksy farejavam o vento ao redor, atentas em perceber se havia por ali algum homem de tocaia.

Dingo viu a neve cair e o desespero de ser enterrado vivo não o abandonou. Gania, esquivando-se do monte de neve que caía em seus pelos, e chacoalhava o corpo para se livrar dela.

— Quieto, seu lobo medroso! Ajude-nos a fazer um morro de neve aí embaixo — ordenou a pequena e esperta loba, que empurrava a neve com o focinho. Depois, se virou de costas para o buraco e passou a jogar neve para dentro, como se estivesse cavando.

— Estou no fundo de um poço. Jogam neve no meu focinho e ainda me mandam trabalhar? — reclamou Dingo, começando a amontoar a neve que estavam jogando para ele.

Quando os lobos conseguiram tornar aquele fosso mais raso, Dingo tomou impulso e saltou para a superfície.

A profundidade era grande o suficiente para pegar um urso-pardo. Dingo imaginou que talvez fosse Kodiak que os homens estavam tentando capturar. Mas ele também sabia que, naquela época do ano, Kodiak não saía do lado do rio. Ele podia sentir seu cheiro de muito longe. Na primavera, aquele urso-pardo nunca perdia tempo na floresta, pois o degelo do rio acontecia naquela estação, e ele podia se fartar de comer peixes.

***

Nipo viu que Lohri estava quieta. Caminhou até ela, preocupado, e a encontrou deitada atrás de um arbusto. Ela lhe devolveu um olhar triste e melancólico. Kushi chegou logo em seguida, preocupada com a grande fêmea. Viu sangue sobre a neve. Então, a líder logo entendeu que Lohri havia perdido suas crias.

A fêmea gania quase silenciosa, e seus olhos fitavam a neve vermelha com o seu sangue.

— Esse... será... será o destino... — falou, com o peito arfando, ao se lembrar do terrível momento em que os homens emboscaram a alcateia e Lohri foi atingida no flanco por um humano.

Os lobos farejaram o cheiro do sangue, e não demorou para que todos estivessem reunidos ao redor daquela tragédia. Um silêncio ainda maior perturbou o sentimento dos lobos. Então, uma voz fraca e trêmula, falou.

— Isso é muito triste — Tuska não escondeu uma forte emoção causada pelo momento.

— Nossa alcateia foi amaldiçoada pelo Homem! — urrou Nipo, enfurecido.

— Não podemos mais esperar um minuto — ecoou a voz gutural e áspera de Ludo na mente dos lobos.

— Está certo — concordou Kushi olhando nos olhos de Lohri. — Não podemos parar agora, pois os homens são muito inteligentes. Eles sabem que o farejar de um lobo é tão poderoso quanto os olhos de uma águia. E eles estão usando os lobos contra sua própria natureza.

Lohri se levantou, motivada pelo sentimento da perda, ignorando a dor de sua contusão e de seu sangramento. Então, fechou os olhos e mostrou os dentes ao caminhar, resistindo a tudo o que pudesse, naquele momento, fazê-la ruir. Mas estava pronta para enfrentar os homens.

Continuaram a jornada por um longo tempo, absortos em seus pensamentos. Não disseram mais nada por um longo tempo.

***

A Lua cheia já tomava o horizonte e a fome havia atingido os lobos. Farejaram um cervo bem grande: um caribu sozinho e ferido. Kushi sabia que os ancestrais os haviam guiado até aquele pobre animal indefeso para poderem ajudá-lo a aliviar sua dor e, assim, também saciar a fome dos lobos. Ela havia descoberto um animal ferido agonizando sob a penumbra da floresta, quando parou distante, com os outros lobos. Não tiveram dúvidas de que aquele cervo havia cruzado caminho com um humano, foi ferido e, mesmo assim, conseguiu fugir. Os animais geralmente eram capazes de reconhecer os ferimentos causados por outros animais. Mas os ferimentos ocasionados pelo Homem sempre eram estranhos. Kushi reconheceu que eles viviam na floresta e também eram carnívoros, como os ursos e lobos.

A alcateia serviu-se da carne do caribu antes que a noite terminasse. Estava claro que, na natureza, nada acontecia por acaso. Tuska explicou à sua líder que aquele encontro havia alegrado os ancestrais dos lobos e, da mesma maneira, os ancestrais dos cervos.

— Os ancestrais não querem que seus filhos sofram — disse a velha loba marrom. — Os que sofrem são aqueles que estão no fim de seu ciclo como criatura para se juntarem a seus ancestrais e se tornarem ancestrais de uma geração que ainda nascerá. Mas há os que sofrem e ainda não estão no fim de seu ciclo. Neste caso, sofrer é somente um estímulo para fazer a criatura reagir. O mesmo acontece com a fome, que causa dor ao lobo. Isso o motiva a comer.

Caminharam durante todo o amanhecer. Anik havia sugerido que apressassem os passos, pois o encontro com Kodiak seria mais seguro se acontecesse durante o dia, quando o urso pudesse vê-los bem. Tuska concordou, uma vez que um urso assustado se torna uma das criaturas mais perigosas da floresta.

— Creio que seja mais sábio apenas um de nós falar com ele — aconselhou Leksy. — Não devemos arriscar toda a alcateia.

"Não é possível que ele seja assim tão terrível", pensou Kushi consigo mesma, não imaginando o que estavam prestes a enfrentar. E notou que, muito distante dali, uma grande águia os acompanhava havia algum tempo.

Capítulo 4

O vento que soprava contra os lobos havia levado o cheiro de Kodiak. Dingo guiou a alcateia para o alto dos rochedos, de onde um rio escuro podia ser visto. Kushi espantou-se com a capacidade de direção de um lobo que não era bom em caçadas. Viram o grande urso-pardo em pé na água do rio, capturando os salmões que nadavam contra a correnteza. Ele era realmente grande, com os pelos marrons como o tronco de um pinheiro.

A alcateia de Kushi encolheu-se entre os arbustos dos rochedos, observando e farejando o ar, temerosa. A líder sabia que todos estavam com medo de se aproximar do grande animal, e Dingo já havia enfurecido Kodiak há muito tempo. Talvez não fosse o mais indicado para conversar com o urso.

A velha Tuska se aproximou de sua líder, sabendo qual seria a escolha mais certa a se fazer. Kushi a olhou com reprovação, mas, antes que dissesse alguma coisa, a loba marrom olhou para ela com os olhos opacos da progressiva cegueira.

— Kushi, eu irei até Kodiak.

— Eu temo por sua fragilidade, Tuska.

— Farei com que Kodiak entenda que precisamos de seus conselhos.

A loba alfa sabia que, segundo os ensinamentos dos ancestrais, aquela era a decisão certa a ser tomada. Por essa razão, concordou com a cabeça.

E assim, sem dizer mais nada, a velha loba marrom desceu o rochedo pelo seu caminho mais longo, devagar, pois enxergava pouco e, por isso, precisava tomar cuidado com os obstáculos. Além disso, não queria ser percebida pelo urso. O vento vinha de encontro aos lobos. Se se mantivessem calados, não haveria como o urso descobrir o paradeiro da alcateia.

Tuska via apenas borrões escuros entre manchas claras, ocasionadas pelo brilho diurno que era refletido sobre as águas do rio. Mas, mesmo sem realmente ver com a precisão de um jovem lobo, a velha loba marrom sentiu a água fria tocar suas patas dianteiras. Parou por um instante e tentou ouvir o urso. Além de sentir o cheiro forte de peixe podre que ele emanava, Tuska também conseguia perceber sua respiração não muito longe dali. Quieta, avançou mais um passo, e outro, até que suas patas estivessem dentro da água corrente. Se fosse necessário, saberia que a margem não estava muito longe dali e correria imediatamente para lá.

Ludo, Nipo, Lohri e Anik sentiram os pelos de seu dorso se arrepiarem por completo quando viram o urso levantar o focinho e farejar o ar, percebendo a aproximação de Tuska. Não demorou a ver a velha loba marrom parada sobre a água.

O urso lançou no ar um pequeno urro rouco. Entre seus dentes, havia um peixe, que deixou vacilar pelo maxilar e caiu na água, já sem vida. Então, se virou na direção de Tuska e urrou, irritado.

Tuska encolheu-se na água e sentiu medo quando escutou a respiração do urso-pardo se aproximar. Ele caminhava lentamente na direção da velha loba. A escuridão das águas era confundida com a coloração escura dos pelos de Kodiak. Vez ou outra, um salmão esbarrava em suas patas.

— Velho Kodiak, preciso de sua ajuda — falou a loba quase cega, sentindo seu corpo frágil estremecer com o medo.

O cheiro do animal estava cada vez mais próximo, e o ruído de seu caminhar nas águas era tão alto que ela imaginou quão grande seriam suas patas. Devia estar a pouco mais de cinco metros quando olhou para Tuska, esperando ouvir o que ela tinha a dizer.

— Por que me incomoda, loba cega? — reprimiu-a, numa rouquidão gutural que a fez ficar arrepiada.

Ela não sentiu tanto medo quando viu o Homem comandar o fogo, mas estar quase cega diante de um predador como aquele urso era algo assustador.

O urso percebeu que a velha loba tremia e que, no mesmo instante, havia se colocado numa condição totalmente indefesa, revelando não representar qualquer ameaça para ele. Tuska curvou-se sobre si mesma, baixando as orelhas e recolhendo seu corpo para perto do chão, de modo que sentiu a água congelante tocá-la. A loba idosa sabia que era preciso mostrar submissão diante de uma criatura ameaçadora. Tremendo, apavorada, sabia que seria a sua única chance de sair viva.

— Sinto muito, grande urso. Mas minha angústia ofereceu coragem ao meu coração velho. Preciso dos seus conselhos, Kodiak. Preciso saber como enfrentar o Homem.

Ao ouvir aquelas palavras, o urso gargalhou tão horrivelmente que sua voz atravessou o som das quedas-d'água.

— A velha cega acha que pode enfrentar o Homem? Nem mesmo eu me considero capaz de enfrentá-lo. Somente o próprio Homem pode contra ele mesmo.

Tuska sentiu o peso das águas em suas pernas. Sentiu salmões esbarrarem nela. Centenas deles. Poderia jurar que aquele urso era capaz de comandar as águas e os peixes. Não sabia se sua senilidade estava afetando seu julgamento do lógico, mas o fato era que barbatanas e nadadeiras escorregadias esbarravam em suas patas, impedindo que ela recuasse tranquilamente para a margem. A jornada até ali havia afetado os seus ossos, pois sentia a água escura tão pesada sobre as suas patas que mal conseguiria caminhar sobre ela.

— Nossos lobos filhotes estão fadados a um destino horrível com o Homem — tentou explicar, percebendo que o urso não a deixaria ir embora. — Preciso saber como evitar isso.

— Você está atrapalhando a minha alimentação. E, com fome, o meu humor piora.

Tuska tentou se mover. Percebeu que o peso da água havia se tornado ainda maior. Mais alguns passos curtos, e o urso a teria alcançado.

— Será que eu estou vendo direito? — fez a velha loba marrom. — Será que minha cegueira me guiou ao urso errado?

— Sou o único grande urso-pardo aqui — respondeu com rispidez. — Fui o único capaz de enfrentar o Homem, e ganhei uma marca em meu dorso. Mas sobrevivi.

— Um lobo mais forte poderia vencê-lo? — arriscou. — Um lobo guerreiro?

— Um lobo não é páreo para um urso! — rosnou Kodiak. — Já disse que somente o Homem pode contra o Homem! Além de cega é surda, loba velha?

Tuska percebeu que o vento estava mudando, e aquilo a deixou por demais preocupada.

— Então — falou a loba, num tom de voz muito alto — enfrenta-se o Homem com aquele que conhece o Homem de perto! E qual animal conhece o Homem de perto?

Nos rochedos, Kushi e os outros lobos ficaram assombrados, compreendendo que Tuska havia dado o seu recado. Seria preciso encontrar alguma criatura que conhecesse os humanos de perto e soubesse, quem sabe, seu ponto fraco. Aquela era uma pista vaga. Kushi nem sabia por onde continuar sua busca.

— O Monte dos Uivos! — sussurrou Leksy imediatamente para a sua líder.

"O Monte dos Uivos?", pensou Kushi, intrigada.

Um urro cruzou o horizonte e o coração dos lobos pareceu congelar, quando se deram conta de que o vento havia mudado de direção, levando o cheiro da alcateia direto para o urso. Kodiak levantou o nariz e descobriu que havia vários lobos de tocaia. Alarmado, avançou instintivamente sobre Tuska, cravando seus dentes no corpo frágil da velha.

A líder afrontou o animal com seu olhar, entendendo que aquela velha loba, que também a amamentou quando era só um filhote, havia partido para se tornar um ancestral.

Kushi saltou feroz pelos rochedos, avançando com a alcateia; rapidamente, atingiram o rio. Indignados, os lobos rosnavam irrequietos, esperando que a loba alfa desse o comando para atacar. Kodiak tinha Tuska entre seus dentes quando se ergueu novamente nas patas traseiras. O urso jogou o corpo de Tuska com desprezo no rio.

— Lobos traiçoeiros! — urrou o urso, guturalmente, com muita raiva. — Pragas da noite!

Saltou para fora das águas e correu na direção dos lobos que, assustados, subiram pelos rochedos. Kushi, Ludo e Lohri se posicionaram de forma que Kodiak não pudesse subir para pegá-los, investindo mordidas agressivas nele, antes que conseguisse alcançar o alto dos rochedos e finalmente apanhasse outro lobo.

— Recuem! — uivou Kushi, desesperando-se.

Ela sabia que os lobos não eram páreo para a força daquele urso.

Então, ela rosnou ferozmente. Acertou uma violenta mordida no focinho de Kodiak, que recuou a enorme cabeça, espantado com o talho profundo que havia ganhado de um carnívoro que acreditava ser tão inferior. Aquilo ficaria marcado para sempre.

A loba alfa rapidamente reuniu sua alcateia. Não havia mais o que fazer para salvar a pobre Tuska, que jazia no território do urso. Então correram para o Norte, com um peso em seus corações. Seguiram para o Monte dos Uivos, num silêncio que não conheciam havia muito tempo.

Capítulo 5

A alcateia circundava as montanhas íngremes e os vales estreitos. Passaram por fendas profundas e, por mais que avançassem cautelosos naquele ambiente cavernoso e arriscado, a imagem de Tuska não lhes faltava à memória. Haviam conhecido uma serenidade muito diferente da de todos os outros lobos com que já cruzaram os caminhos. Uma loba marcada por seu olhar e que, mesmo quase cega, foi capaz de despertar em alguns daqueles lobos a existência de uma forma de olhar segundo a qual a boa visão de um lobo jovem não era importante para enxergar.

Tuska dizia que não era preciso um lobo envelhecer e perder a visão para perceber que havia algo muito além de todo aquele ciclo de nascer, viver e morrer. Mas ela também acreditava que todo lobo cego algum dia perceberia a existência de uma visão independente de seus olhos. A velha loba conhecia muitos dos segredos escondidos no coração de um lobo, e havia ensinado a Kushi que aquele podia ser o ponto fraco da sua espécie, mas era isso que justamente os tornava animais incríveis.

Agora Leksy havia se tornado a mais velha da alcateia, seguida por Dingo, e assim levou consigo a responsabilidade de orientar o coração de Kushi quando estivesse confuso e aflito.

Caminharam por um longo tempo, procurando entender o significado das últimas palavras de Tuska.

Enfrenta-se o Homem com aquele que conhece o Homem de perto, reverberava na mente dos lobos, como um uivo que ecoava pelo abismo.

Desejaram que aquele encontro com Kodiak e a perda da querida velha loba marrom não tivesse sido em vão. Nem mesmo Dingo sentiu-se disposto a falar coisas sem pensar, como era seu costume.

Quando o velho lobo negro perdeu Luter, seu irmão mais velho, sentiu uma parte de si morrer. Desde então, vivia em tocas escuras, onde passava a maior parte do tempo dormindo. Entretanto, a morte de Tuska fez com que pudesse enxergar sua responsabilidade como ancião daquela alcateia. Procurou, então, encarar a morte da velha loba como uma necessidade de superar suas angústias e ajudar os lobos, pois também eram o seu sangue.

— Como acredita que o Monte dos Uivos possa nos ajudar? — perguntou Kushi, receosa.

— Tuska citava o Monte dos Uivos sempre que se referia aos homens — Leksy explicou.

Ela não conseguia compreender como um lugar daqueles poderia fornecer uma solução para essa questão. Desde pequena, aprendeu que o Monte dos Uivos era um local em que lobos iam para uivar e mostrar ao Sol quando nascer e quando ir embora. Nada mais do que isso.

— Lá poderemos ver, no horizonte, as montanhas formarem um enorme lobo deitado — explicou Leksy. — O maior de todos os lobos, aquele que vi certa vez quando caçava há muitos anos. Havia um outro lobo, muito menor, muito parecido com esse deitado entre as montanhas, como se fosse seu filhote. Esse filhote marca o local. Achamos o filhote de pedra onde os homens viveram, Kushi. Há muito tempo, mas viveram por lá. Depois que se foram, os lobos tomaram conta do local. Lá deve ter algum indício da fraqueza do Homem. Temos que procurar. Por isso, quando Tuska disse: *Enfrenta-se o Homem com aquele que conhece o Homem de perto*, imediatamente me veio à mente o Monte dos Uivos. Os hábitos dos homens do passado nos ajudarão a enfrentar os homens do presente. Sinto muito que Tuska tenha se ido por uma pista tão fraca, mas devemos honrá-la.

— E esse filhote de pedra? Há quanto tempo está lá? — Kushi quis saber.

— Mais do que um lobo pode contar. Quando os lobos tomaram conta do Monte dos Uivos, esse filhote já estava lá.

— Então, esse filhote de pedra também estava lá na época dos homens — concluiu a líder.

— Provavelmente, sim. — Ele olha para cima, como se entrasse em harmonia com os ancestrais. — Aquele lobo de pedra tem mais respostas do que podemos supor.

— Então podemos perguntar a ele sobre o nosso destino! Se ele conhece o passado dos lobos e homens, também deve conhecer nosso destino.

— E como nos comunicamos com um lobo de pedra? — quis saber Ludo.

— Teremos que descobrir — concluiu Leksy.

— E se esse filhote não estiver mais lá? — perguntou Kushi, receosa.

— Ele estará lá — interveio Dingo, que bem se lembrava de sua última caminhada por ali. — Já viu pedra andar?

O velho lobo negro caminhava próximo a Leksy, acompanhando toda aquela discussão.

— Dingo também o viu. Estava comigo naquele dia — lembrou Leksy.

Anik e Nipo voltaram seus olhares para Dingo. Eram os mais jovens da alcateia, e não haviam conhecido o lado vivo daquele lobo, principalmente o lado espiritualizado.

Kushi arrepiou-se com aquela notícia animadora, e a alcateia sentiu seus corações transbordarem de esperança depois daquele intenso sentimento de perda.

Uma planície recoberta de pedras expostas estava com uma camada de liquens cinzas e brancos. Alguns cabritos montanheses se alimentavam das ervas que cresciam nas fendas das rochas, naquele entardecer. Kushi e a alcateia estavam tão centradas que pouco sentiram fome e, essa pouca fome que tinham, saciaram com ovos de marrecos, encontrados nos rochedos, e pequenos roedores que por ali se aventuravam.

— Vocês acham que o *lobo de pedra* é parecido com a gente? — Kushi arriscou perguntar para seus amigos.

— Certamente! — respondeu Nipo, o de presas fortes e pelos cinzas. — Ele terá a cor cinza e... deve ter também dentes bem brancos.

— Cinza? — contestou Ludo, o de pelos negros e longos. — Para mim, ele terá tantos pelos que jamais sentirá frio na neve. Deve ter a pelagem negra como a minha, pois assim será um bom caçador durante a noite.

— Acho que vocês estão um pouco longe da verdade — falou Lohri, a loba cinza e de grande porte. — Ele certamente será bem grande. Pelo menos do tamanho de um urso-pardo. Só um lobo bem grande poderia assustar os homens.

— E se ele for pequeno? — questionou Anik, a esperta. — Pode ser um lobo inteligente demais. Não é preciso tanto tamanho se souber pensar.

Os lobos maiores apenas riram.

Capítulo 6

A aurora boreal se fazia presente. As luzes coloridas da noite eram acompanhadas por um ritmo espiritual dos ventos no topo dos pinheiros e pelas brisas frias que corriam próximo aos ouvidos dos lobos. Jamais haviam escutado tal som.

"Os espíritos dos lobos estão aqui", pensou Kushi, notando que os outros não escutavam da mesma forma que ela. Entretanto, vez ou outra, olhavam para o céu como se acreditassem que, no Monte dos Uivos, os espíritos ancestrais estivessem sempre presentes.

"Será que o lobo de pedra ainda está aqui?"

A loba alfa se sentia um pouco tola, enquanto procurava, naquelas montanhas, por algum sinal daquele lobo. Então reparou os movimentos coloridos da aurora boreal, que desenhou enormes animais no céu. "Será apenas a minha imaginação?" Quase podia jurar ter visto um grande lobo andando sob o brilho das estrelas, sentindo o mesmo calafrio quando ouviu o Grande Uivo falar com ela.

— É ali — disse Dingo, apontando com a ponta do focinho.

Dingo se posicionou sobre uma rocha e, olhando para o horizonte, ficou calado. Os lobos correram, ansiosos por entenderem o que estava acontecendo. Kushi sentiu seu coração se encher de emoção ao ver um conjunto de montanhas formar uma grande silhueta no horizonte, como a de um lobo deitado. Eram as montanhas para onde uivavam os ancestrais quando ainda eram vivos. A neve conservara as ruínas onde os ancestrais viviam e onde os lobos eram misteriosamente iniciados.

Emocionados, os lobos viram o filhote do grande lobo das montanhas: parado, contemplando o céu noturno. Em sua cabeça, havia um estranho amontoado de neve.

Diante deles estava um grande lobo feito de pedra, entalhado por um homem quando ainda habitava aquelas ruínas. A jovem Anik se aproximou e farejou. Lohri caminhou para mais perto e examinou, perplexa. Nipo chegou a crer que o filhote do grande lobo havia se congelado com o frio.

Repentinamente, do amontoado de neve sobre a cabeça um grande par de asas se abriu, fazendo os lobos saltarem para trás, assustados. Uma enorme águia-dourada[2] se espreguiçava sobre a cabeça do lobo de pedra.

A alcateia contemplava a incrível imagem da robusta ave de rapina de olhos amarelos como o fogo dos homens. Ela olhava os lobos, calada. Sua imponência parecia fazer com que não sentisse medo de absolutamente nada.

A ave também não estava para conversas desnecessárias. Tratou logo de dizer a que veio:

— Sei sobre o seu destino — falou a imensa ave, num sussurro. — Também o vi, assim como algumas de minhas irmãs, antes de voarmos do ninho.

Não era comum um lobo ver uma águia-dourada tão de perto, a não ser que ela quisesse devorá-lo. Mas Kushi logo entendeu que aquela ave já vinha os acompanhando por algum tempo, pois seu grito reverberou pelas montanhas durante a jornada dos lobos. Ela não estava ali para satisfazer seu apetite.

— Eu me lembro de você — arriscou Kushi.

Os olhos da loba alfa estavam fixados na águia por verem tamanha força num animal que acreditou ser muito menor, mesmo quanto

---

[2] A águia-dourada (*Aquila chrysaetos*) é uma ave carnívora nativa da América do Norte, Europa e partes da África. Com as penas marrons e uma coroa marrom-dourada, pode atingir 2 metros de envergadura e pesar mais de 9 quilos. Apresenta penas brancas espalhadas pelo corpo e longas penas arredondadas nas asas.

a um lobo. Contudo, ela estava enganada. Uma águia-dourada tinha quase o tamanho de um lobo. Então notou que ela não tinha um dos dedos em sua pata. "Provavelmente o perdeu em algum embate com algum animal", pensou Kushi.

— Eu dormia no alto de um pinheiro quando sua alcateia soube do possível destino dos lobos. Fui tomada por compaixão quando vi vossa aflição. No mesmo momento, um guincho ecoou do Oeste para mim, e é assim que falam os ancestrais das águias com suas filhas. Naquela aurora boreal, vi uma águia sobre a cabeça de um lobo, tal qual estou.

Ao dizer isso, os lobos recuados sentaram-se junto à estátua. Compenetrados, passaram a ouvir a história.

— A existência de um animal está intimamente ligada à de todos os outros, em uma teia da vida infinita — disse a águia. — Quando algo grandioso está para acontecer com uma espécie, a vida se encarrega de unir a todos os ancestrais em uma única missão.

— Entendi que minhas asas poderiam buscar o lobo que procuram. E este lobo está bem aqui.

Kushi farejou o lobo de pedra. Não conseguia acreditar como um animal sem vida poderia ajudar o destino dos lobos.

— Este lugar já pertenceu aos homens há muitos anos, quando eu era apenas um filhote de águia aprendendo a voar. Eles estavam aqui, sempre dispostos a buscar uma forma de sobreviver a todo esse frio... até uma noite de inverno levar um filhote deles para junto dos ancestrais dos homens. Eles nunca mais voltaram aqui. Em celebração e proteção ao jovem homem que se foi, um lobo de pedra foi talhado por seus familiares. Este é o lobo para o qual vocês olham agora: o lobo que foi feito por mãos humanas e para um humano.

— Por que os homens fariam um lobo para um homem morto? — indagou Ludo, intrigado.

— Os homens acreditam na força do lobo como proteção à sua aldeia — explicou a águia — e, naquele momento, eles ofereciam a proteção do lobo de pedra ao jovem humano morto. Ofereciam um companheiro guardião. Assim, o lobo o protege até hoje.

Ao dizer isso, a águia-dourada olhou para o chão e os lobos logo entenderam que o jovem humano devia ter morrido ali mesmo.

— Os homens enterram os seus semelhantes quando morrem.

Os lobos farejaram, procurando algum sinal de que havia algum humano enterrado sob a neve. Porém, não sentiram cheiro algum. Aquela história realmente devia ser muito antiga.

— Por algum motivo, seus ancestrais querem que vocês conheçam o lobo do amanhã, justamente aquele que será o resultado da união entre homens e lobos. Estou aqui para ajudá-los. Águias podem voar para muito longe. E eu aqui, sobre este lobo feito pelo homem, poderei encontrar esse lobo do amanhã tão essencial.

Os lobos ficaram ansiosos pelo que estava por vir. Havia medo e tristeza, mas também havia esperança.

— Então nos ajude, nobre águia, por favor — suplicou Kushi.

— Lembrem-se — alertou a águia — olhar para ele fará com que vejam todos os lobos: Verão *o destino do lobo*.

Capítulo 7

Um silêncio contrastou com o som do vento. A águia, então, ergueu a cabeça para o alto, abriu os olhos amarelos e, quando viu a aurora boreal, piou longamente. Seu eco atravessou os penhascos e as montanhas. A majestosa ave abriu as enormes asas, colossais, arfando, numa respiração lenta e tranquila. No chão, havia a sombra de um grande lobo com asas sobre a cabeça.

No céu, na aurora boreal, os lobos puderam ver o colorido dançar das luzes fosforescentes traçando as imagens de seus ancestrais. Um discreto fio brilhante desceu do céu, onde os ancestrais se moviam com a aurora boreal, e atingiu o chão, iluminando a sombra do lobo de pedra, numa fosforescência fantasmagórica. Surgiu a silhueta translúcida de dois lobos. Suas patas se materializaram até que a fosforescência se apagasse por completo e só restasse a sombra do lobo de pedra sobre aqueles lobos do destino.

Kushi não mais ouvia as vozes dos lobos de sua alcateia, que já estavam encurvados sobre a neve, de olhos fechados. Ela tentou se curvar, acreditando que devia ter feito aquilo antes de todos eles. Entretanto, alguma força a impediu. O vento frio na ponta de seu focinho parecia puxá-lo. Só deixou ser conduzida ao ser tomada por uma emoção forte quando viu os olhos daqueles lobos do destino voltados para ela, sob a sombra da estátua e das asas da águia.

Kushi viu um grande focinho cinza cheirar o seu nariz. Olhos cor de âmbar a fitaram, curiosos. No lugar de orelhas pequenas e altas como as suas, a loba alfa viu orelhas longas e encurvadas. "Essas orelhas compridas devem escutar muito melhor do que qualquer lobo", pensou. No peito, seus pelos acinzentados e mesclados com marrom eram curtos. A loba pensou que ele provavelmente era imune ao frio daquelas montanhas, e era tão grande quanto o tamanho de um lobo.

"Só posso estar diante do lobo do destino", pensou.

Kushi se levantou devagar e viu que a alcateia estava cheia de expectativas. Os lobos farejavam o ar e se aproximaram, curiosos. Viram um outro lobo estranho surgir diante de todos, muito menor e todo negro, com pelagem curta e brilhante. Tinha o focinho pequeno como o de uma foca e inúmeros pelos no bigode: era uma fêmea, que tremia sob a sombra da grande águia-dourada. Demonstrava medo e submissão e, encolhida na neve, percebeu que aquele ambiente não era nada parecido com aquele de onde veio. Então, todos ouviram o grito da águia reverberar pelas montanhas. Ela havia partido.

— Onde estou? — perguntou o grande lobo do destino. — Quem são vocês?

Kushi sentiu uma explosão de alegria em imaginar que os ancestrais haviam mandado dois lobos do destino para ajudá-los. Mas então examinaram o pequeno lobo negro, submisso, que parecia com um filhote ou um tipo de raposa, talvez. Aquele animal era muito diferente do grande lobo que a águia-dourada havia trazido. Pensavam em como um animal tão pequeno poderia salvar o destino dos lobos.

Os olhos da pequenina loba fitavam a todos com temor. Ludo havia se aproximado o suficiente para ter certeza de que aquele animal era um descendente dos lobos. Um animal mestiço, talvez, pois havia um semblante em que os lobos conseguiam ver sua descendência. Mas Ludo logo balançou a cabeça, entendendo que as presas dela eram muito pequenas para ser considerada um animal poderoso. Na natureza dos lobos, geralmente os maiores e mais fortes eram capazes de ser lembrados pelos outros, pois sua chance de sobrevivência era praticamente certa.

Os lobos cheiravam o ar novo e estranho. Havia alguma coisa que estava incomodando aquela alcateia. No fundo, Kushi bem sabia o que era, mas teve medo de dizer. Não queria acreditar que os ancestrais estivessem enganados.

— Um filhote? — indagou Nipo.

— Eu não sou um filhote! — respondeu a pequena loba do destino, com um rosnado engasgado.

A alcateia achou curioso o fato de uma pequena loba como aquela não ser mais um filhote. Olhavam para ela, duvidosos.

— Eles têm um cheiro esquisito. Um ancestral cheira assim? — Dingo se aproximou ainda mais, curioso.

— Não é possível que tenham nos mandado essa pequena loba — falou Ludo.

— Não julgue pelas aparências — reprimiu Kushi.

— Que lugar é este? — interrompeu o grande lobo do destino, enquanto levantava a pata para analisar a neve. — Nunca vi lugar assim...

— Você está nas montanhas — falou Leksy, emocionada com aquele encontro. — Como se chama?

— Nino — disse, olhando para a paisagem. — É tudo tão estranho... Eu estava dormindo e sonhando quando, de repente, vim parar aqui. Seria isto também um sonho?

— Eu também estava sonhando, mas desta vez, não sonhava com cachorros me perseguindo — disse a pequena loba do destino.

Lohri havia se aproximado um pouco mais. Olhou Nino bem de perto.

— Cacho...? — perguntou Lohri.

— Cachorros — completou Nino.

Então, a pequena loba do destino disse, sem olhar nos olhos dos lobos, desconfiada:

— O que aconteceu? Eu não fiz nada a vocês. O que querem de mim? — sussurrou num rosnado.

— Nós não iremos lhe fazer nenhum mal — respondeu Kushi, tentando se aproximar com cuidado para que a estranha loba mestiça percebesse que não precisava ficar arisca. — Vocês foram trazidos até nós porque precisamos de ajuda. E como se chama?

Pensou por um momento e falou:

— Eu tenho vários nomes e nenhum ao mesmo tempo — havia tristeza em sua voz.

— Você será uma presa fácil por aqui — disse Ludo, ao olhar para ela.

— Estamos na mesma alcateia, Ludo, não se esqueça — interveio sabiamente a líder. — Nós protegemos quem é da alcateia.

Ludo baixou a cabeça a contragosto.

— Mas aqui você vai precisar de um nome, querida — aproximou-se Leksy de forma pacata. — E como gostaria de ser chamada?

— Poderia ser Kriska — sugeriu Anik, sorrindo.

— Kriska? — a cachorrinha fez cara de quem não gostou. — Nunca ouvi esse nome na minha vida. Que nome esquisito!

Anik a olhou, desapontada. Lobos tinham nomes como aquele.

— Seu nome tem que ser algo muito grandioso — interveio Dingo num salto. — Podia chamá-la de Sequoia[3]. Esse sim é um nome bem bonito...

A cachorrinha abaixou a cabeça. Preferia continuar sem um nome.

Nino avançou um passo.

---

[3] Conífera do gênero *Pinus*, como os pinheiros e araucárias, existente no hemisfério Norte. São famosas as sequoias gigantes da Califórnia (EUA), com tronco de 10 metros de diâmetro, mais de mil anos de idade e mais de 100 metros de altura.

— Felícia — falou, meneando a cauda. — Você tem cara de Felícia.

Um nome como aquele jamais havia sido escutado nas montanhas. Era certamente um nome muito bonito, e devia possuir um significado que só os cachorros entendiam.

A pequena loba negra arregalou os olhos ao ouvir aquele novo nome. Nunca ninguém a havia chamado daquela forma, e não entendeu o significado dele. Mas já foi chamada por muitos outros nomes, e sem significados. *Felícia* soava algo feliz, o que ela ficou imaginando se de fato era. Então, sorriu em agradecimento.

— Nossos ancestrais os trouxeram para cá — explicou Kushi, imaginando que os lobos do futuro conheciam aquela tradição de adoração.

— Ancestrais? — repetiu Nino, sem entender. — Que ancestrais?

— Ora, aqueles que nos originaram — explicou Dingo. — Vocês não conhecem a tradição? Se não fossem os ancestrais, não estaríamos todos aqui.

E, ao dizer isso, cheirou as patas de Nino, e depois foi farejar Felícia, que logo mostrou-lhe os dentes; o velho lobo negro recuou, tímido.

— Seu ancestral não lhe deu educação?

Então se calou ao lembrar que ele era o ancestral dos dois lobos do destino.

— Esses ancestrais... eles são os seus donos, certo? — indagou Nino.

— *Donos*? — os lobos se entreolharam, espantados. — O que são *donos*? — perguntou Kushi, tentando entender.

— Vocês não sabem? — a pequena Felícia riu. — Dono é o nome daquele que cuida de nós, cachorros. Ou que pelo menos deveria cuidar de todos nós — completou, com um olhar vago.

Kushi viu nos lobos um olhar de decepção. Ela não podia negar que estava começando a achar que os ancestrais fizeram alguma escolha errada.

— Quem precisaria de um dono para ser cuidado? — indagou Lohri. — Nós precisamos apenas da alcateia.

— E nós precisamos de um dono — falou Nino. — Quer dizer, eu já tenho o meu. Vocês é que precisam de um dono.

Kushi e os outros lobos sentiram um calafrio. Os pelos das costas se arrepiaram ao compreenderem quem seria esse dono.

— Vocês são cuidados pelos... homens? — indagou a líder, preocupada.

— E quem mais cuidaria? — Nino perguntou.

Felícia deu um passo para trás. Ela não fazia parte daqueles cuidados do qual falavam. Apesar de ter muitos amigos cachorros que foram adotados, ela acreditava que gostava das ruas.

Os lobos se entreolharam, temerosos. Os ancestrais haviam colocado diante deles os lobos do amanhã, cuidados pelos humanos. Kushi sentiu muito medo ao pensar no que os ancestrais queriam lhes dizer.

— Leksy — chamou a líder para que a acompanhasse.

A velha loba branca compreendeu naquele olhar a preocupação da loba alfa.

— Você está pensando o mesmo que eu? — perguntou Kushi.

— Por um momento, todos pensamos que os ancestrais estavam nos avisando de um futuro terrível — o olhar da velha loba era de apreensão. — Mas eles nos enviaram os lobos do amanhã.

— Você acha que isso pode ser um sinal de que os ancestrais mudaram de ideia?

— Os ancestrais nunca erram, Kushi. Creio que nós é quem não entendemos sua mensagem.

Kushi suspirou. Leksy havia compreendido o mesmo que ela.

Capítulo 8

Quando os lobos estavam prestes a desistir daquela ideia, Kushi caminhou rapidamente em meio à alcateia, olhando nos olhos de cada lobo, para que todos dessem uma chance para a situação.

— Somente quem convive com os homens os conhece de verdade — falou a loba alfa, preocupada com sua alcateia.

— Sim — concordou Leksy — eles são os únicos que podem nos ajudar.

— Mas eles não são lobos — retrucou Ludo — e Felícia nem se parece muito com um lobo.

Anik olhou para Felícia e então caminhou para mais perto de Ludo:

— Vejo um lobo quando olho para ela — e farejou o ar. — É só olhar bem no fundo de seus olhos.

— Já eu, vejo um filhote de lobo — completou Lohri. — E os filhotes precisam de seus pais.

— Agora ela faz parte da alcateia — lembrou Kushi — e, portanto, podemos todos proteger um filhote da mesma forma que protegemos uns aos outros.

— Não sou um filhote — retrucou Felícia.

Naquele momento, Nino olhou para ela e percebeu que dizia a verdade.

— Digam-me como vim parar aqui. O que os seus ancestrais querem de mim?

Ao dizer isso, Felícia levantou-se e caminhou para longe deles.

— Vocês não podem ir embora enquanto não nos ajudarem — disse Kushi, apelativa.

Então alcançou Felícia e olhou para ela.

— Os ancestrais enviaram vocês porque pedimos ajuda a eles.

— Kushi está certa! Nós vimos o destino do lobo. E não é nada bom — explicou Leksy.

Nino olhou demoradamente para os lobos. Então se sentou:

— Por que não? — Nino se aproximou de Kushi — O que vai acontecer?

Os lobos se entreolharam e Ludo, o de pelagem longa e negra, avançou um passo e disse:

— Os lobos serão dominados pelos homens. E isso, não podemos deixar acontecer.

— Nós vimos o sofrimento dos nossos descendentes —, explicou Kushi, com tristeza no olhar. — Vimos o abandono, a humilhação, a dependência e a morte trazida com a fome.

Os olhos de Nino pareceram se perder durante algum tempo pela neve. Então finalmente disse:

— Você não está errada. Os cães são todos os dias abandonados pelos homens. Concordo que é muito triste saber que os cães sofrem mais do que qualquer ser vivo neste mundo, porque o amor de um cão é puro. Concordo que a responsabilidade de qualquer cão abandonado seja de todo homem que caminha na rua, ou de todo homem que durma em sua cama, pois foi a espécie dele quem nos domesticou. Assim, qualquer homem é responsável por nós — Nino deu um longo suspiro ao visualizar, em sua mente, algumas lembranças.

— *Domesticou?* — disse Ludo. — Então é assim que vocês chamam um lobo dominado pelo Homem? — o lobo apertou os olhos, não gostando daquilo. — O que há de bom em depender de um... *dono?* O que ganhamos com isso?

Dingo soltou um ganido fino como o de um filhote. Ficou envergonhado quando todos olharam para ele.

— Conhecemos os sentimentos de um lobo — disse Leksy. — É muito vulnerável para um ser vivo entregar-se em sentimento.

Kushi sabia do que a velha loba branca estava falando. Aquela entrega realmente ainda não era o ponto fraco de todos os lobos, mas, com o passar dos tempos, esse ponto se tornaria cada vez mais frágil. Aqueles cães do futuro mostravam-se muito mais suscetíveis do que eles.

Felícia ouvia aquela discussão sem nada dizer. Não sabia o que era amar um dono, nem mesmo o que era ser amada por um ser humano.

— Os homens certamente não entendem o amor de um cão por seu dono — explicou Nino. — É um amor incondicional. Muitas vezes, erramos com eles porque precisamos de sua atenção. Eles ocupam seu dia com trabalho para nos trazer alimento. Não há nada melhor do que poder recepcionar a chegada de nosso dono e ser correspondido com um carinho.

— E o que ele ganha com isso? — quis saber Lohri, incrédula.

— Um cão pode proteger o seu dono, pode dar alegria em momentos de solidão. São parceiros inseparáveis. Os donos nos dão brinquedos e biscoitos — falou, abanando o rabo. — Assim, eles também retribuem nossa atenção.

Os lobos olharam aquilo, inconformados. Não entendiam o significado de algumas palavras como *brinquedo* ou *biscoito*, mas perceberam que podiam ser uma recompensa muito perigosa que faria um lobo do destino se afeiçoar àquele ser que chamavam de dono.

— Felícia — chamou Ludo, percebendo que a cachorrinha parecia muito confusa com toda aquela história — o que acha dos homens?

Ela sentiu seu coração bater com força, e seu olhar se perdeu nas montanhas por alguns momentos. Fez menção de dizer alguma coisa, mas então pensou e olhou para Ludo. Era a primeira vez que ela olhava nos olhos de um lobo.

— Nunca tive um dono, e quando tive a chance de tê-lo, fui abandonada. Sei que os homens são muito indecisos e não entendem o que queremos — em seguida olhou para Kushi. — Mas já vi homens parecerem gostar muito de seus animais de estimação.

— *Animais de estimação*? — Nipo assustou-se com aquelas palavras. — Eles chamam vocês assim?

— Quando um animal é adotado, ele é considerado assim — explicou Nino —, pois nossa presença contribui para a alegria de uma casa.

— Então quer dizer que há muitos de vocês lá de onde vêm? — perguntou Nipo.

— Há milhares de cachorros espalhados por todo lugar a que vamos — Felícia explicou. — Já vi muitos largados por aí.

Os lobos sentiram um calafrio. O destino do lobo parecia muito mais grave do que haviam imaginado. Então dirigiram suas atenções para uma perigosa agitação que vinha da floresta.

Capítulo 9

Ouviram um uivo estranho ecoar pela floresta. E depois mais um, seguido de outro, e mais outro. A alcateia ficou alarmada, pois seu cheiro a havia denunciado. Nino e Felícia olharam assustados para a escura floresta que havia logo abaixo daquela montanha.

— Fujam! — gritou Kushi.

A líder rosnou, olhando para o que a grande floresta trazia. Sua alcateia correu na direção contrária ao perigo, procurando embrenhar-se pelos rochedos e pela vegetação rasteira da floresta, onde pudessem estar o mais longe possível daquela ameaça.

— O que está havendo?

Nino correu ao alcance dos lobos antes que eles desaparecessem pela floresta.

— Fomos descobertos — falou Lohri. — A alcateia de homens nos encontrou!

— Meu Poderoso Ancestral! — exclamou Dingo, desesperado.

O *lobo do destino* estremeceu, percebendo que aquela alcunha, alcateia de homens, não podia significar coisa boa. Mas, naquele lugar selvagem, uma alcateia de homens poderia significar a morte de um lobo ou de qualquer animal que encontrassem.

Felícia alcançou Nino, apavorada, correndo na direção oposta de onde aqueles uivos estranhos vinham. Seguiram os rastros da alcateia, mas Kushi e seus amigos eram rápidos demais. Assim, Nino e Felícia não conseguiram se juntar a eles no instante em que os viram contornar os rochedos por conta da fuga arriscada que teriam de fazer.

Os gritos humanos aterrorizavam qualquer animal na floresta, mais do que qualquer rosnar de urso. Felícia ficou apavorada em imaginar que, naquelas montanhas, os homens eram inimigos da alcateia de Kushi.

Nino jamais havia escutado algo tão amedrontador. Seu dono já havia gritado enfurecido com ele, mas aqueles que vinham ao seu encontro não eram mesmo amigáveis, e gritavam de forma muito mais feroz. Sentiu medo.

Finalmente, o grupo de homens surgiu por entre os troncos das árvores da floresta, encobertos com pelos de animais e ao lado de muitos lobos. Seus gritos ferozes provaram instigar a fúria daqueles animais. Logo, os cachorros entenderam o porquê de a alcateia de Kushi tanto temer os homens. A imagem deles era assustadora: estavam cobertos por peles de outros lobos, lanças e pedras nas mãos, e com os olhos pintados por uma tinta escura que mais lembrava sangue.

Kushi conduzia a alcateia para o outro lado daquela montanha, quando foram surpreendidos por uma lança que cruzou seu caminho. Os lobos que acompanhavam os homens chegaram pelo outro lado, fazendo Kushi mudar a rota mais uma vez.

Mergulharam, então, floresta abaixo, sem perceber que os lobos do destino, desacostumados à vida selvagem, ficaram para trás.

Kushi passou por uma fenda na montanha. Não havia espaço suficiente ali para a alcateia toda se esconder, então seguiu adiante com seus comandados; menos Dingo, que, por conta da idade e da falta de habilidade em longas corridas, não conseguiu acompanhar os lobos mais rápidos.

— Ei!

Dingo olhou para trás, reconhecendo aquele latido. Viu que os cachorros também haviam ficado para trás.

— Onde estão os outros?

Felícia estava desesperada. Ela sabia que não iria aguentar alcançá-los.

— Estão à frente. Eu também costumo ficar para trás nas caçadas. Meu irmão era muito bom nisso. E ainda mais com a idade chegando, a coisa só piora!

Os três ouviram a alcateia de homens se aproximando cada vez mais. Dingo avistou a fenda nas rochas.

— Rápido, ali, para dentro!

Felícia entrou facilmente, deslizando pelas paredes estreitas do que mais parecia uma toca. Nino entrou com dificuldade, mas, mesmo assim, conseguiu ficar ali, encolhido. Não sobrou espaço para Dingo. O velho lobo ficou parado, olhando nos olhos dos dois lobos do destino. Entendeu o que tinha que fazer.

— Fiquem aí e não saiam por nada!

— Aonde vai? — perguntou Nino, preferindo não acreditar no que sabia que estava prestes a acontecer.

O velho lobo silenciou-se e os olhou de forma triste. E, sem nada dizer, virou-se e saiu em disparada para longe da fenda. De onde estava, foi possível ver a alcateia de homens a algumas dezenas de metros.

Felícia e Nino ouviram os rosnados dos lobos que acompanhavam os homens e de Dingo, cada vez mais distantes. De repente, bem ao longe, rosnados e ganidos denunciavam uma verdadeira execução lupina.

Capítulo 10

Os homens desistiram de perseguir Kushi e seus comandados após a loba alfa usar o vento ao seu favor escondendo seus lobos nos arbustos, onde o campo aberto permitia que o cheiro do medo dos lobos fosse dissipado antes que a alcateia de homens os alcançasse.

— Parece que os homens levaram Nino e Felícia — falou Lohri, preocupada. — Não conseguimos encontrar nenhum rastro por aqui, e o vento já levou o cheiro deles.

— Nós os perdemos? — perguntou a loba alfa, sentindo o desespero em seu coração. — Onde está Dingo? — completou Kushi, contando os lobos.

Farejaram o ar à procura deles, mas não havia nenhum sinal dos cachorros. Contornaram, então, o caminho de volta. Ao longe, encontraram uma mancha negra. O corpo de Kushi estremeceu ao entender que o velho Dingo estava caído sobre a neve.

— Dingo!

A líder o chamou desesperada, correndo ao seu encontro. Farejou e lambeu a mancha empapada de sangue em seu pelo negro. Viu que o lobo respirava e olhava para ela, ofegante. Havia um grande ferimento em sua garganta. Ele tentava dizer algo a ela:

— Kushi... — tossiu sangue. — A jornada... continua a... jornada — tossiu novamente.

Os pelos negros e embaraçados de seu pescoço estavam manchados por um líquido escuro.

— Honrar Luter...

— Dingo! Aguente, Dingo!

— ... salva... os lobos do destin...

A cabeça tombou; o velho lobo fechou os olhos, exausto, e deu um grande suspiro rouco. A neve ficou vermelha.

Kushi abaixou a cabeça e se afastou.

Leksy tocou a fronte de Dingo com seu focinho e, silenciosa, pensou nos ancestrais. Lembrou-se de Tuska e, por um momento, teve a impressão de vê-la ao lado de Dingo. Um pequeno floco de neve que estava preso aos pelos do velho lobo negro voou com uma lufada de vento, flutuando majestosamente pelas montanhas. A vida do lobo se foi com o floco de neve.

Os lobos permaneceram em silêncio durante algum tempo, pensando no que precisava ser feito. Não souberam entender o porquê de os homens não terem levado o lobo logo depois do confronto, como era comum nas caçadas. Então, entenderam que era possível que voltassem no dia seguinte para buscá-lo.

Em seus olhares, era possível ver o quanto sentiam a perda de Dingo. Agora estavam encorajados e decididos a fazer a maior jornada de suas vidas pelo bem dos lobos. Uma jornada que os levaria a um confronto com os homens e com outros lobos, se preciso fosse. Eles precisavam acabar com a domesticação, e nada faria com que mudassem de ideia.

A alcateia se despediu do velho Dingo, e então partiu em busca da aldeia dos homens, onde esperavam encontrar, aprisionados, os lobos do destino.

Capítulo 11

— Já podemos sair? — perguntou Felícia. — Algum sinal de perigo?

Nino caminhou para fora da fenda, farejando o ar com medo.

— Será que aquele lobo negro sobreviveu?

— Não tenho esperança disso, Felícia. Você ouviu aqueles ganidos e rosnados.

— Ele nos salvou! — disse ela.

Nino olhou para os arredores, compreendendo que estavam sozinhos naquele mundo perigoso e desconhecido. O cachorro procurou por um cheiro estranho e forte que o vento carregava. Felícia sentiu um frio no estômago e estremeceu ao reconhecer que aquele cheiro era comum nas ruas.

— Sinto cheiro de sangue — falou ao farejar o chão e caminhar apressada.

— Sangue?

Nino não estava acostumado àquela situação. Havia sentido cheiro de sangue apenas uma vez, quando foi ao veterinário e viu um cachorro machucado após uma briga. Depois de alguns minutos caminhando, seus olhos encontraram uma mancha negra sobre a neve. Correram até aquela imagem e logo reconheceram o velho lobo sem vida.

— Quem fez isso? Os homens? — indagou Felícia, ganindo.

Nino baixou os olhos com tristeza. Então chorou, desconcertado.

— Não foram somente os homens. Os lobos que estão com eles também fizeram isso.

Ele percebeu quão frio os homens podiam ser. O ancestral dos humanos era assustador.

Nino olhava triste para Felícia, como se procurasse mais respostas. Aquilo não fazia sentido para ele, pois sabia que os humanos tinham comportamentos errados, mas aquilo era muito triste de suportar.

— Quero voltar! — falou Nino com amargura. — Quero voltar para meu dono!

— Como? Precisamos dos lobos.

Felícia olhava e farejava o ar com desespero, procurando pelos rastros da alcateia.

— Eles sabem como chegamos até este mundo, então devem saber que caminho tomaremos para irmos embora.

Nino olhava o sangue na neve e sentia vontade de correr para muito longe.

— Talvez devêssemos ajudar os lobos — concluiu ele. — Acabar com a domesticação. Eu também já fui abandonado quando era um filhote antes de ser encontrado pelo meu dono.

— Mas, se impedirmos a domesticação, você talvez jamais verá o seu dono novamente — respondeu Felícia — e também me ocorreu agora o seguinte: nós nem ao menos nasceremos!

Desesperançosos, os dois cachorros se deitaram ao lado do corpo de Dingo, tremendo com o frio das montanhas.

***

Um caminhar manso tocou a neve não muito distante dali. Havia um cheiro distinto de tudo o que já haviam provado, um cheiro selvagem como o dos pinheiros. Um animal de grande porte se aproximava quase sem causar ruído. Sua respiração era longa e suave como um nevoeiro quando toca as orelhas de um lobo. Nino e Felícia se agacharam na neve, preocupados com o que aconteceria a eles. Então, um grande animal marrom e de longos chifres arredondados surgiu, calmamente.

— Vocês não precisam ter medo algum — disse o majestoso animal, olhando tristemente para o lobo morto sobre a neve. — O medo foi embora com os lobos dos homens.

Nino e Felícia arregalaram os olhos quando escutaram a voz marcante daquele grande animal. Ele falava suave e, ao mesmo tempo, tinha tanta força que chegaram a imaginar se era algum ancestral da floresta.

— Que animal é você? — Nino olhou espantado para a criatura, que tinha o tamanho de sete lobos juntos.

A criatura foi se aproximando, olhando nos olhos dos cachorros.

— Sou um alce[4]. Fui mandado pelos meus ancestrais para protegê-los.

— Foi por isso que os lobos assassinos foram embora, certo? — percebeu Felícia, ao ver todo aquele tamanho. — Você enfrentou alguns deles e os homens ruins, é isso?

O grande animal fechou os olhos e abaixou a cabeça, consentindo. Os cachorros perceberam que aquele animal possuía uma estranha leveza sobre a neve, apesar do seu tamanho. Nino pôde ver alguns ferimentos no alce, mas, a julgar pelo seu tamanho e força, dava para supor que os lobos dos homens levaram a pior.

— Agradecemos a ajuda, mas compreendemos pouca coisa desde que chegamos aqui.

---

[4] Assim como o caribu, o alce (*Alces alces*) é um cervídeo. Um alce macho adulto pode passar de 2 metros de altura e pesar mais de 600 quilos.

— O grande perigo para vocês é uma família de lobos que caminha ao lado dos homens por quem são treinados. São usados para matar outros lobos, e até mesmo outros homens que não são de sua tribo.

E era isso que a família de Kushi mais temia, pois sua própria espécie os estava ameaçando.

— O que devemos fazer? — indagou Nino. — Devemos impedir a domesticação? Nós vimos o perigo que ameaça os lobos.

O alce se aproximou e suspirou longamente. Os cachorros sentiram o frio ir embora.

— Vocês devem seguir o fluxo natural da vida. Os homens precisam dos lobos e, por isso, eles os têm. É como uma relação de troca que pode gerar benefício para ambos.

Nino se levantou de repente e olhou para o céu.

— O senhor é um animal de grande sabedoria.

— A natureza que há dentro de nós pode responder a muitas perguntas. Vocês já têm a resposta, não?

O alce olhou para um ponto na neve. Ali estavam as pegadas da alcateia. Nino e Felícia sabiam o que deviam fazer: o coração de um cão jamais se enganava.

Do alto de uma sequoia, a águia-dourada os observava. Então, ela voou.

Capítulo 12

— Os homens estão dormindo — falou Nipo. — Vejo uma boa oportunidade para um ataque.

A alcateia de Kushi olhava para a aldeia de homens. O silêncio da tarde era tão mudo e reflexivo que até mesmo os lobos estavam pensativos quanto à atitude que tomariam.

— Precisamos proteger a espécie — falou Lohri — lembrem-se disso. Vamos nos lembrar de Tuska e Dingo. Eles morreram para que pudéssemos chegar até aqui.

— Que todos nós nos lembremos deles — falou Ludo. — Os homens e os seus malditos lobos traidores mataram Dingo e, por algum motivo, recuaram antes que todos nós fôssemos mortos!

O vento soprava fortemente. Kushi observava a fumaça de uma fogueira apagada nos arredores da aldeia. O cheiro dos homens encheu suas narinas.

A alcateia estava silenciosa e triste. Dingo foi morto por outros de sua própria espécie, e isso era o que os lobos mais temiam. Os homens estavam influenciando as atitudes e as escolhas dos lobos.

— Sinto o cheiro daqueles que mataram Dingo — Kushi olhou do alto, examinando a aldeia cuidadosamente. — Estão por aqui, não muito distantes.

— Nino e Felícia podem estar com eles — falou Anik. — Estou com medo do que pode acontecer a eles. São muito indefesos para viverem neste mundo.

— E como um animal indefeso poderia nos ajudar a combater o controle dos homens sobre os lobos? — questionou Ludo. — Não acredito que possam nos ajudar.

Durante alguns momentos, Kushi questionou a si mesma se deveria invadir aquela aldeia de homens. Não fazia ideia de como os lobos poderiam enfrentá-los.

— Não tenho certeza de que Nino e Felícia estejam lá com eles — falou a loba alfa. — Eu gostaria que estivessem, pois tenho esperança neles.

— Eu também, Kushi — concordou Leksy, com um olhar preocupado.

— Já pensaram que teríamos de convencer os lobos assassinos de que o homem é um caminho perigoso para o destino dos lobos? — o tom de Nipo era de desesperança. — Esperam conseguir convencer um lobo assassino a não se permitir ser domado pelo homem?

"Qual é o destino certo para o lobo?", pensou Kushi, afastando-se da alcateia. Ela precisava pensar. Fechou os olhos, procurando sentir a verdade. "Ancestrais, mostrem-me o que devo fazer."

Então, ouviu um ruído do alto de um pinheiro. Quando abriu os olhos, viu a águia-dourada olhar para ela.

Capítulo 13

Do alto do pinheiro, Kushi viu a águia-dourada alçar voo e pousar na neve. Ela tinha quase a altura da loba.

— Você não quer fazer isso, não é mesmo? — perguntou a ave com os olhos cor de fogo. — No fundo, nenhum desses lobos quer fazer. Eu vejo isso.

— Águias são animais que podem ver de muito longe — Kushi se aproximou e se sentou diante da ave. — O que a senhora vê entre os homens e lobos daquela aldeia?

Ela soltou um piado baixo e virou a cabeça para olhar o acampamento dos homens. Naquele momento, todos dormiam. Havia um grande silêncio no descampado. Foi possível apenas ouvir a lufada do vento, que espalhava as cinzas das fogueiras. A águia permaneceu calada por alguns momentos. Então, seus olhos brilhantes se voltaram à líder da alcateia.

— O Alce Protetor disse, certa vez, que jamais devemos ir contra o fluxo natural das coisas. E qual é o fluxo natural da vida?

A ave abriu as asas e olhou diretamente nos olhos de Kushi. A sombra das asas fez a loba se lembrar do místico encontro com os lobos do destino.

— E por que os lobos querem estar com os homens? Já parou para pensar que Nino e Felícia poderiam nunca existir?

— Cachorros... Talvez os ancestrais os tenham mandado para nos mostrar que os lobos devam se aproximar dos homens — concluiu Kushi. — Os lobos do destino seriam os únicos que verdadeiramente poderiam confirmar aos lobos o resultado dessa união. Seria essa a resposta?

— Seus descendentes estão vindo para cá — a águia encurvou-se, preparada para voar. — E não se esqueça de que eles não conhecem todos os perigos dessa floresta.

Ao dizer sua verdade, ela tomou impulso e alçou voo. Os olhos de Kushi se arregalaram. "O que foi que eu fiz?", pensou ela, ao perceber que os havia abandonado. Então entendeu que os lobos do destino não haviam sido capturados pelos homens, e isso foi um alívio para ela.

Naquele momento, a loba se deu conta de que sua alcateia ansiava por aquele confronto. E, antes de Kushi conseguir voltar para seus lobos, eles viram uma oportunidade de ataque e a aproveitaram.

"Eles não esperaram por mim", pensou a loba alfa, espantada com aquela atitude impensada. Mas entendeu o desespero de sua família.

Correu para tentar alcançá-los antes que chegassem à aldeia. Usou um atalho, por onde o caminho pelas pedras era mais difícil, porém mais curto, pois a neve retardava seus movimentos.

Ancestrais, me ajudem... ela falava baixo, percebendo que o despenhadeiro por onde passava era mais íngreme e perigoso do que imaginava. As pedras estavam bambas e quebradiças, resultado de um degelo na primavera e do intemperismo. Então percebeu que havia escolhido o caminho errado, mas não havia mais como voltar ou despencaria com seu peso. O vento era forte e traiçoeiro.

Kushi escutou pequenas rochas deslizarem em sua direção. Em seguida, escorregou. Tentando firmar as patas naquele solo incerto, caiu despenhadeiro abaixo, e seu choro ecoou no horizonte. Uma intensa dor atingiu sua pata traseira e suas costelas. Tudo se apagou por um instante. Quando percebeu que não conseguia mais se mover, sua visão ficou completamente turva.

Capítulo 14

Os lobos puderam ouvir um ganido alto no horizonte.

— Kushi? — sussurrou Anik. — É Kushi, eu tenho certeza!

— Ela precisa de nós — falou Nipo, percebendo que a ideia de Ludo tomar a frente havia sido um erro.

— Rápido — fez Lohri, deixando a trilha da aldeia e voltando pelo caminho que fizeram pela montanha. — Nunca devíamos tê-la deixado.

Os lobos margearam a trilha, farejando o ar à procura de Kushi. Mas não havia nenhum sinal da loba alfa. O vento estava confuso. O cheiro dela se misturava à vegetação e ao aroma das brasas das fogueiras.

— Encontrei o rastro dela — disse Lohri, rapidamente.

Leksy viu as pegadas e as farejou. Entretanto, percebeu que seu olfato já não era dos melhores.

"Se Dingo estivesse aqui...", pensou a velha loba branca.

Ludo, Nipo e Anik farejaram a trilha que Kushi havia feito, e então entenderam que ela não havia escolhido fazer o mesmo caminho que eles.

— Ela desceu pelo lado mais difícil — disse Anik, sentindo um frio no estômago.

Ludo caminhou rapidamente, procurando por mais pegadas. Deparou-se com uma descida muito íngreme, onde o cheiro de Kushi se concentrava.

— Ela desceu por aqui — contou o lobo negro. — É possível ver os rastros dela nessa descida rápida.

— Uma descida rápida! — interrompeu Anik. — Era exatamente isso que ela queria. Esse era o único jeito de nos alcançar antes que chegássemos à aldeia.

Ludo abaixou a cabeça e ficou pensativo. Havia sido ideia dele tomar a dianteira da alcateia.

— Kushi caiu — falou Leksy com pesar.

Naquele instante, Ludo correu pelo caminho menos perigoso. Desceu pelas rochas da montanha, esquivando-se dos arbustos que cresciam voltados para o desfiladeiro. E logo chegou ao local em que Kushi havia caído.

— Ela não está aqui!

Estava ansioso por encontrá-la. Um alívio o tomou de imediato ao ver que ela não estava morta, apesar de sentir cheiro de sangue. Então seus olhos caíram sobre algo que o arrasou profundamente.

— O que está havendo? — questionou Lohri.

Ela já havia alcançado Ludo quando viu que Kushi não estava caída onde esperavam. Mas logo compreendeu a expressão do lobo negro. Havia outro rastro, muito maior do que um lobo seria capaz de fazer. Um cheiro perigoso marcava o olfato dos lobos.

— Eles a levaram — falou Ludo com pesar. — Os homens a levaram.

Capítulo 15

Kushi sentiu uma pontada de dor e, em seguida, notou que o mundo passava depressa abaixo dela. Tentou abrir os olhos, mas parecia não ter forças. Quando conseguiu deixar a luz do dia entrar e encher sua vista, viu um borrão de árvores passar acima de sua cabeça. Sentiu outra pontada de dor, muito mais intensa.

"Não pode estar acontecendo, por favor, não!", pensou apavorada, ao ver que estava deitada sobre um pedaço de couro e que era arrastada pelo chão. Mas sua visão se escureceu completamente e então não se lembrou de mais nada.

***

Acordou encolhida num canto escuro, mas o vento não estava frio. Tentou se mover e uma dor lancinante a atingiu. Chorou baixo. Viu um tecido envolto em sua pata traseira. Olhava com medo ao seu redor quando percebeu que estava no interior de uma estranha toca. Havia pedaços de couro erguidos por estacas de madeira que balançavam com o sopro do vento. Tremia retraída, imaginando se estava sonhando ou se havia morrido. Levou algum tempo para compreender que havia sido capturada pelos homens.

Seu pescoço estava preso em uma tira de couro que reconheceu ser de boi-almiscarado, amarrada numa estaca no chão. Ouvia sons estranhos, uma conversa entre os homens, mas que era impossível de compreender. Um cheiro muito forte de comida humana encheu suas narinas. Ela já havia sentido aquele cheiro outra vez, quando sua alcateia se deparou há muito tempo com aquela aldeia.

Tentou se levantar outra vez. Sentiu tanta dor que ganiu muito alto. Então escutou o som de passos se aproximando daquela toca escura. Foi quando viu a pequena mão de um homem segurar o couro da tenda e espiar para dentro dela.

"É apenas um filhote humano", pensou a loba, encolhendo-se e eriçando os pelos de suas costas.

A criança se aproximou curiosa, percebendo o olhar assustado do animal, que tremeluzia na sombra. O filhote humano levantou um pedaço de couro lanudo e cobriu a loba, que não ousou se mover de tamanha dor e submissão. Kushi queria fugir, mas naquela condição, isso era impraticável.

Um adulto surgiu em seguida, e em nenhum momento desviou seu olhar da loba. O pai da cria veio com um osso escavado, algo muito parecido com um osso de quadril que devia ter pertencido a algum caribu. Kushi ficou imóvel, olhando acuada e rosnando baixo. Então percebeu que, naquele osso, ele lhe servia pedaços de carne fresca.

O homem deixou o alimento ao alcance de Kushi, que não teve coragem de se mover. Não entendia a língua dos homens, mas compreendeu que o filhote foi reprimido pelo pai para que não se aproximasse demais.

Kushi respirava tensa, desejando que aqueles humanos fossem embora e a deixassem em paz. Em nenhum momento sentiu vontade de farejar o alimento. Ficou quieta, percebendo que o frio de lá de fora não entrava na tenda. Estava com o corpo quente. Então, caiu no sono sem perceber.

***

Acordou num sobressalto. O pai e o seu filhote ainda estavam ali com ela, observando-a calados. Nunca tinha visto tão de perto como eram os homens. Seus olhos eram tão vivos quanto os olhos de um lobo. Talvez fosse isso que fascinasse os humanos, a ponto de quererem estar próximo destas criaturas.

Ela tentou se levantar mais uma vez, pois, se sua força permitisse, fugiria num só disparo e correria para a floresta. Mas a dor aguda estava ali o tempo todo. A loba chegou a acreditar que nunca mais poderia voltar a andar. Contudo, se sobrevivesse por algum tempo e sua dor aliviasse, ela iria embora, certamente. Mas não naquele dia.

"Talvez a alcateia venha enfrentar os homens", pensou, mas não tinha esperança de que conseguissem e de que nem mesmo pisassem em território humano. Lobos nunca deixavam sua jornada de sobrevivência para resgatar outro lobo. Mas a jornada de todos eles estava bem ali, naquela aldeia.

Sentiu fome. Não tinha certeza se deveria comer aquela comida, pois podia ser venenosa. Então esperou por algum tempo; entretanto, o frio e a fraqueza passaram a tornar sua fome quase insuportável. Esticou o pescoço e cheirou o recipiente de osso com o alimento. Parecia-se muito com a carne de caribu que sempre comia.

"Parece bom", pensou ela, esticando a língua para pegar a carne. Com um pouco de esforço, alcançou o alimento e o devorou. Viu o homem sair da tenda, mas o garoto ficou ali, imóvel, olhando para ela, fascinado com sua beleza.

Kushi escutou algumas vozes, mas nenhuma era como as vozes dos lobos. Ela aguçou os ouvidos, esperançosa de que sua alcateia estivesse a caminho.

Capítulo 16

— Devemos resgatá-la agora mesmo! — falou Ludo, sentindo-se culpado pelo que havia acontecido.

— Mas devemos pensar na proteção da alcateia — lembrou Nipo. — Não podemos nos arriscar por causa de um lobo. Assim nos ensinaram os ancestrais.

Nipo era um dos lobos mais centrados da alcateia. Era um dos mais fiéis seguidores dos ensinamentos dos ancestrais.

— Estou cansado de termos de seguir o que os ancestrais nos determinam — Ludo se exaltou por um momento. — Precisamos viver por nós mesmos! Os ancestrais nem estão mais entre nós.

— Não é justo que fale assim dos nossos ancestrais — interveio Lohri, incomodada. — Somos meros lobos que caminham pela neve à procura de sobrevivência. É por causa dos ensinamentos dos ancestrais que nós existimos.

— Os ancestrais não estão aqui! — rosnou Ludo, arrepiando os pelos de suas costas e se aproximando de Lohri com arrogância.

— Eles estão conosco todo o tempo! — disse Nipo, no mesmo tom de Ludo. — Nossa força existe por causa de todos eles.

Ludo fitava Lohri no fundo de seus olhos e a desafiava em seu tamanho. A loba não se deixou intimidar, uma vez que era um pouco maior do que ele. Ela não se deixava atingir tão facilmente por outro lobo.

— Nipo tem razão — concordou Lohri — não podemos nos arriscar a perder mais lobos. Não haverá destino se todos morrermos.

— E, mesmo assim, não há outra saída — Ludo interveio. — O ataque à aldeia de homens será feito de qualquer maneira.

Ao dizer isso, Ludo saltou sobre o pescoço da grande loba. Mas antes que conseguisse agarrá-la na nuca com suas presas, Lohri chocou seus dentes com os dele e, no momento em que o lobo macho conseguiu apanhá-la pelo pescoço, ela girou seu corpo com força e retribuiu a mordida no pescoço do lobo negro. A alcateia viu que a neve estava respingada de vermelho quando Ludo simplesmente afrouxou a força de suas presas e Lohri o deixou recuar.

O lobo negro encolheu-se junto aos outros lobos, enquanto Lohri manteve-se ereta e com olhar altivo. Ludo não iria ofender mais os ancestrais. Naquele momento, olhando à sua volta, ela percebeu que estava diante de sua alcateia. Todos os lobos a olharam com orgulho. Era comum os lobos disputarem a liderança. Isso os mantinha vivos e fortes para sobreviver nas montanhas. Assim os ancestrais os haviam ensinado há muitos anos. Com isso, a loba de grande porte era a nova loba alfa daquela família.

Passos suaves sobre a neve foram ouvidos acima da colina. Não eram iguais aos passos dos homens. Um cheiro familiar chamou a atenção de todos. Os lobos eriçaram os pelos das costas e ficaram em alerta. Então, viram figuras familiares se aproximando. Seus corações palpitaram ao perceber que Nino e Felícia chegavam. Por um momento, puderam jurar ter visto um grande cervo aproximar-se com eles, mas logo desapareceu furtivamente pela floresta.

— Vocês estão vivos! — exclamou Lohri, aliviada.

— O que houve com vocês dois? — quis saber Nipo, aproximando-se. Ele estava feliz por se lembrar que a força dos ancestrais estava ali com os lobos do destino.

Os cachorros arfavam, cansados daquela corrida.

— Conseguimos nos esconder da alcateia de homens com a ajuda do velho lobo negro — explicou Nino. — Quando nos arriscamos a sair do esconderijo, um pouco mais adiante, pudemos vê-lo caído na neve, morto — baixou a cabeça. — Ele se arriscou por nós.

Naquele momento, os lobos dividiram um olhar triste.

— Por favor — pediu Nino num tom quase que de súplica —, vocês não podem escolher pelos homens. E não podem escolher por todos os lobos!

— Queremos ter um dono — disse Felícia, olhando nos olhos deles. — Se impedirmos de os homens terem um destino ao lado dos lobos, Nino jamais terá para quem voltar e eu jamais terei a chance de encontrar alguém que possa cuidar de mim. E pior: nem nasceremos!

Todos silenciaram por um momento, procurando entender o significado daquelas palavras.

— Kushi foi levada pelos homens — adiantou-se Ludo, ainda arredio — e creio que vocês sabem o que se deve fazer, não é mesmo? — o lobo falou com ironia.

Nino e Felícia se entreolharam, assustados.

— Eu irei até lá — falou a pequena cachorrinha, e percebeu que Nino olhou para ela com temor.

— Isso é perigoso demais — preocupou-se Leksy.

— Nós iremos até lá — repetiu Nino, encorajado. — Vocês podem esperar por aqui.

— Por que acreditam poder fazer algo por nós?

Lohri, apesar da raiva que estava sentindo dos homens por perder as suas crias, estava interessada em ouvir a ideia dos cachorros.

— Vamos conhecer aquelas pessoas — explicou Felícia.

Os lobos olharam os cães, incrédulos pela escolha.

— O que acha que estão fazendo? — perguntou Lohri.

A nova loba alfa se aproximou com certa compaixão. Ela sabia que os lobos do destino eram ingênuos como um filhote de lobo.

— Eles capturaram Kushi.

— Primeiro, é preciso conhecer o lobo para saber se se pode confiar nele. E o lobo precisa conhecer um homem para saber se ele gosta de lobos — falou Nino. — Nós vamos lá agora mesmo! Kushi não pode contar com a sorte.

Lohri interveio, preocupada, tocando o focinho enorme na testa de Nino.

— Vocês poderão dar muito trabalho para nós.

— Nós estamos mais acostumados a lidar com homens do que com lobos — respondeu com convicção.

A grande loba alfa olhou para os dois animais mais corajosos que já havia encontrado. Eles estavam dispostos a enfrentar os homens. Então deu um passo para o lado, deixando os dois cachorros caminharem em direção à aldeia.

Lohri caminhou e olhou do alto dos rochedos.

— Está na hora de descobrir o que os lobos do destino conseguem fazer com os homens — disse a líder.

Capítulo 17

Nino e Felícia caminharam com cuidado pelo desfiladeiro rochoso. Seus corações palpitavam de temor e ansiedade na mesma medida; não sabiam o que esperar do ancestral dos humanos. Pareciam criaturas hostis. Mas Nino conhecia seu dono. Sabia que ele não era como aqueles homens que comandavam aquela alcateia que havia tirado a vida de Dingo. Felícia olhava para a aldeia acreditando que fosse encontrar homens não tão diferentes daqueles que conheceu nas ruas. Estava acostumada a ser expulsa dos lugares que visitava e, muitas vezes, recebia ameaças e pontapés. Mas ela não era mais um filhote. Conhecia bem as formas de um homem tentar dominar todas as situações. Ela estava com menos medo do que Nino.

A movimentação da aldeia era pequena, pois começava a manhã de mais um dia. Os cachorros sabiam que a maioria dos humanos tinha hábitos diurnos, apesar de Felícia ter conhecido muitos andarilhos com hábitos noturnos.

Escutaram um assovio. Nino sentiu seu coração bater de forma diferente: estava com medo dos homens. Felícia olhou, assustada. Imediatamente, agachou-se para mostrar que não estava interessada em arranjar problemas. Nino repetiu aquele gesto.

Dois homens e duas crias estavam entre eles. Aproximaram-se, curiosos. Em seguida, surgiram duas fêmeas entre eles. Palavras incompreensíveis foram ditas. Nino estava acostumado a entender somente seu dono e as pessoas que estavam à sua volta, em seu mundo. Felícia apenas entendeu, pela força da voz daquelas pessoas, que havia medo.

— O que devemos fazer? — perguntou Felícia.

A cachorrinha tremia nas patas. Então, viram que vários outros homens surgiram diante deles. Logo a atenção estava toda voltada aos cães.

— Eles se parecem muito com as pessoas de onde viemos. Veja que não se vestem como aqueles que vimos pouco antes de o velho lobo ser morto.

— Mas eles são a alcateia de homens — lembrou a pequena cachorrinha de pelagem negra. — Onde estão os lobos assassinos?

Nino farejou o ar e percebeu que aquela não era a tribo dos homens bárbaros. Parecia ser outra família humana.

— Eles não têm lobos — respondeu simplesmente. Logo, veio uma ideia. — Faça exatamente como eu.

Os humanos se aproximaram um pouco mais. Os cachorros viram que tinham pedras e pedaços de pau nas mãos.

— Veja isso — disse o grande cachorro cinza, abanando a cauda e em seguida deitando-se de barriga para cima.

Felícia olhou aquilo encabulada. Não era acostumada a ser dócil com desconhecidos, dada a sua natureza vira-lata. A pequena loba do destino então se deitou no chão, expondo a parte mais sensível de seu corpo, entregue como Nino.

Os humanos abaixaram as armas ao verem aquela estranha atitude de duas figuras interessantes e que pouco se pareciam com os lobos que viam pela floresta. As pessoas jamais haviam visto qualquer animal da floresta sujeitar-se àquela condição tão vulnerável aos predadores.

"Nino quer conquistar a confiança deles", pensou imediatamente.

Inevitavelmente, as pessoas da aldeia sorriram diante daquela cena incomum. Os estranhos lobos não estavam ali para ameaçar. Não demorou a perceberem que os seus pelos eram muito mais macios e brilhantes do que os pelos dos lobos que costumavam ver pelas florestas. Além disso, nunca tinham visto lobos com hábitos diurnos.

As pessoas perceberam, naqueles animais, o olhar semelhante ao das crianças. Um homem que havia se mostrado mais corajoso arriscou-se, aproximando-se um pouco mais.

Nino viu aquele olhar de medo no estranho, quando percebeu que ele se aproximava com uma lança em mãos. Felícia estava apavorada.

— Não se mova — disse o grande lobo do destino.

Felícia fechou seus olhos ao ver o homem parecer avançar contra ela, com sua mão. Ele tocou-a rapidamente e, por um momento, recolheu a mão, assustado, temendo que alguma coisa pudesse acontecer a ele. Arriscou-se outra vez. Recolheu novamente sua mão, como se Felícia pudesse queimar seus dedos. Então, de olhos fechados, ela sentiu a mão do humano tocar-lhe a barriga e afagá-la por alguns segundos, que pareceram durar horas. Escutaram risos e exclamações que fizeram Nino compreender que os humanos estavam confiando na dupla canina.

Outra pessoa avançou, ansioso por tocar o grande cachorro. Pareceu não acreditar que um animal daquele tamanho era tão manso quanto um filhote de esquilo. Quando o acariciou, todos puderam ouvir as risadas das crianças e das mulheres. Não havia dúvidas de que o povoado daquela aldeia reconhecia que os estranhos lobos eram muito especiais.

Nino percebeu como se sentia bem entre os homens. Aquele lugar era muito melhor do que viver escondido na floresta, como faziam os lobos. Felícia não se lembrava da última vez em que havia sido o centro das atenções, a não ser quando era expulsa dos bares que circundava, faminta. Mas, no fundo, reconheceram que havia uma inexplicável necessidade de viver entre os homens.

Mais pessoas daquela aldeia foram acordando e se aproximando para assistir àquele presente que havia chegado com a manhã. O Sol havia trazido entusiasmo e sorriso aos homens.

Nino se levantou e então as pessoas se afastaram, temerosas. Mas logo balançou sua cauda e seu corpo meneou junto, de maneira graciosa. Pedaços de carne de algum animal foram lançados pelas mulheres. Logo estava claro que os humanos queriam muito agradar aos visitantes.

Do alto dos rochedos, Lohri e sua alcateia assistia a toda aquela corajosa atitude. Entreolhavam-se duvidosos e assustados, notando que havia alguma coisa muito estranha que ligava os homens aos lobos do destino.

— Eles estão conseguindo a confiança dos homens — disse Anik, esperançosa.

**

O grito de uma águia cruzou o horizonte quando o Sol ia a pino. No interior da tenda escura, Kushi acordou e escutou um alvoroço entre os homens. Por um momento, imaginou que pudesse ser a alcateia invadindo a aldeia.

"Se eu pudesse ver um só momento", pensou ela. Mas havia dor e frio. O menino que estava ali com ela deu uma espiada lá fora. Kushi notou um sorriso. Disse alguma coisa e então se voltou a ela como se pudesse guardá-la protegida. Agachado, abraçou os joelhos, ajeitou a pele castanha de boi-almiscarado. Ela sentiu-se melhor.

Do alto dos rochedos, Ludo apontou seu focinho para o lado de onde o Sol descia. Sentiu um odor que o deixou assustado. Nipo farejou o ar, percebendo o sinal de alerta de Ludo. Confirmou que aquele cheiro era um tanto familiar. Lohri sentiu um frio horrível tomar-lhe o corpo e a velha Leksy percebeu que o estranho cheiro que vinha do Oeste era tão terrível e assustador quanto o cheiro das fogueiras.

— A alcateia de homens! — falou Anik, vendo os homens e seus lobos bárbaros se aproximando da aldeia.

— Esse cheiro deles que sentimos — revelou Leksy — não vinha da aldeia em que Kushi está. O cheiro da alcateia de homens está nas montanhas.

Os lobos estremeceram ao compreender que algo terrível estava por acontecer.

— A alcateia de homens estava se escondendo nas montanhas — compreendeu Anik com os pelos de seu corpo, arrepiados. — Estavam esperando o momento certo para atacar aquela aldeia!

Os lobos se entreolharam, surpresos. Os homens bárbaros caminhavam numa marcha acelerada. Com eles, estavam inúmeros lobos que eram claramente instigados a uma voracidade igualável à daqueles homens pintados e cobertos por inúmeras peles de animais.

— Kushi está lá embaixo! — falou Ludo, exaltado. — Nino e Felícia também morrerão se nada fizermos.

Naquele momento, olhou para Lohri, como se esperasse um comando.

— Não apenas eles estão em perigo — lembrou a grande loba alfa. — Mas todos os homens daquela aldeia.

Capítulo 18

Os lobos da alcateia de Lohri uivaram o mais alto que puderam. Era o único modo de alertar a aldeia para o ataque que estava por acontecer. Os homens da aldeia levaram um susto naquele alvorecer.

O urro dos homens bárbaros ecoou pelo horizonte enquanto mergulhavam sua fúria e a de seus lobos na planície onde viviam suas vítimas. Os aldeões se apavoraram. As crianças precisavam se defender daquele ataque; elas gritaram com medo e os homens se prepararam com suas lanças e pedras. As mulheres juntaram-se às crianças e, com a bravura de toda fêmea com sua cria, estavam prontas para defendê-las.

Quando o grupo de bárbaros alcançou o acampamento, os aldeões viram que estavam acompanhados por lobos vorazes, que avançaram num ataque de cólera jamais visto em lobos selvagens.

Um confronto ocorreu entre aqueles aldeões e os lobos dos bárbaros. As lanças que os homens usavam para defender a aldeia logo fizeram alguns animais perecerem, mas os lobos mais ameaçadores e habilidosos foram capazes de ferir muitos. Braços e pernas feridas tornavam os aldeões incapacitados para o combate. E era para saques como aqueles que os bárbaros criavam os seus lobos.

Os invasores lançaram suas armas afiadas, assustando os aldeões, que corriam desesperados com o cair daquela noite perigosa. Acenderam suas tochas e avançaram contra os lobos vorazes e contra os bárbaros, numa guerra de morte.

Nino e Felícia somaram forças à defesa da aldeia: avançavam e latiam contra os lobos. Felícia, por menor que era em seu tamanho, revelou uma coragem que somente um cão de rua era capaz de ter. Nino foi instigado por aquela coragem. Assim avançaram juntos, espantando os lobos com o volume de seus latidos, impedindo-os de entrar na grande tenda onde as mulheres e crianças haviam se abrigado.

Kushi tremia, assustada, diante daqueles sons tenebrosos que os homens faziam quando estavam enfurecidos. Foi quando viu o olhar tranquilo do menino se transformar em olhar de medo, que imediatamente percebeu que algo estava fora do controle dos aldeões.

Então toda a aldeia pôde ouvir uivos muito altos e selvagens virem dos rochedos, um uivo seguido de outro tão mais feroz e firme. Escutaram vários uivos, compondo uma assustadora melodia tão próxima daquela aldeia. Os aldeões olharam tensos para as montanhas, temendo que os bárbaros estivessem em maior número e que um novo ataque acontecesse para findar com aquelas famílias, que haviam se desenvolvido por muitos anos naquela planície. Olharam para o nevoeiro denso da manhã e viram a luz da Lua tocar um grupo de cinco lobos descendo a colina numa velocidade fora do comum.

Ao ouvir o uivo de ataque de sua alcateia, Kushi desesperou-se ao imaginar que aquele horrível confronto aconteceria entre os aldeões e sua própria alcateia. O menino e a loba encolheram-se ao ver a luz do fogo passar ao lado da tenda. Kushi sentiu que o calor parecia querer entrar, devastando tudo ali. O menino estava tão assustado quanto ela. Agachou-se ao seu lado, chorando de uma forma muito parecida com o choro dos lobos.

Um grande clarão se acendeu na noite. O calor que tocava Kushi a fez perceber que a aldeia pegava fogo. Desesperou-se por não compreender o que sua alcateia havia preparado contra os homens, mas estranhamente ela não conseguiu sentir o cheiro familiar de seus amigos lobos, apesar de ouvir as vozes de Nino e Felícia, como se estivessem muito assustados. Pensou, por um momento, que os cachorros tentariam impedir o ataque da alcateia à aldeia.

Nino lutou com alguns lobos e se feriu na pata e nas costas. Não era fácil vencer a força dos seus antepassados caçadores. Mas logo a grande chama que consumia a aldeia havia espantado a maioria dos invasores bárbaros. Não demorou para que seguisse ao lado de Felícia para o interior das tendas atacadas, protegendo os que ali estavam. Ela estava com o focinho rasgado e havia perdido um dente.

Lohri guiava seus lobos pelas planícies, numa corrida desenfreada. Nipo, Ludo, Anik e Leksy vinham logo atrás, ferozes e motivados pela vida de Kushi e pela coragem dos lobos do destino. Viram o fogo alcançar o céu e o calor tocar a pele sensível dos homens. Aquilo era suficiente para afugentar qualquer lobo atroz, mas Lohri guiou sua alcateia pelos arredores da aldeia, circundando-a, buscando alcançar a alcateia de homens. A fêmea viu os sinais do confronto na neve revolvida.

Os aldeões brandiam suas lanças de madeira e seus machados contra a fúria daqueles bárbaros terríveis. Aquela manhã havia sido marcada pelo grito e pela dor. Os invasores não pouparam ninguém que cruzasse seu caminho. Os aldeões sabiam que aquela forma de ataque já havia acabado com a vida de muitos de seus antepassados. Era assim que tribos saqueadoras sobreviviam por milhares de primaveras. Destruíam tudo o que encontravam pelo caminho, pois havia uma força estranha nos homens que fazia com que temessem a sobrevivência e a procriação de outras tribos, como se isso pudesse ameaçá-los no futuro. Mas os aldeões lutaram bravamente uns pelos outros. Usaram toda a força que ganharam naqueles anos em suas caçadas longas e arriscadas pelas montanhas perigosas.

Nem bem chegou à aldeia, Lohri travou um duelo com um dos lobos bárbaros e, segurando as mordidas com sua própria boca e presas, forçou o cansaço no inimigo. Mas antes que pudesse fazê-lo recuar, um lobo menor saltou sobre o flanco da loba alfa e a derrubou.

Um rosnar perigoso reverberou na planície e a loba alfa apenas viu Ludo chacoalhar o lobo menor, preso pela garganta, entre os dentes mortais e certeiros do lobo negro. Lohri, que trocava mordidas contra os dentes poderosos de outro macho, conseguiu fazê-lo desistir e recuar. Então, lançou um olhar de agradecimento a Ludo, que o recebeu e o retribuiu com um olhar de perdão.

Anik e Leksy enfrentaram um grupo de três lobos feridos, afugentando-os e avançando sobre suas patas ensanguentadas. Nipo, que não estava longe, enfrentava um lobo quando um humano bárbaro tentava atingi-lo com um machado. Ludo surpreendentemente mordeu a perna do homem, e o puxou com força. Aquela foi a chance de um aldeão defender sua tribo e vencer a força daquele bárbaro, deixando-o caído no chão com um olhar vazio.

Lohri viu os bárbaros alcançarem rapidamente o paradeiro de sua alcateia. Estavam em grande número. Alguns deles traziam o fogo em enormes tochas, feitas com pedaços das tendas destruídas. O cheiro de pele queimada intimidou os lobos de Lohri.

— Eles são muitos — rosnou Nipo — não podemos contra o maldito fogo!

A loba alfa rosnou e saltou em desespero sobre o bárbaro que vinha à frente carregando uma tocha. Sentiu o calor por todo o flanco e, ao morder-lhe o braço com a força que podia, sentiu o fogo consumir-lhe os pelos do corpo. Lohri saltou na neve e rolou por ela, enquanto esquivava-se dos golpes fatais do machado que vinham dilacerando a neve à sua frente. A grande loba alfa recuou amedrontada. Ela havia percebido que a fúria dos bárbaros vencia o número de aldeões, e que seus lobos não seriam suficientes para enfrentá-los.

Um latido reverberou pela planície. Logo Leksy reconheceu que se tratava de Nino. Os lobos viram o cachorro atravessar as tendas em chamas ao lado de Felícia. Avançaram sobre os lobos que cercavam a alcateia de Lohri. Seus latidos altos afugentaram alguns inimigos, inclusive os bárbaros que recuaram espantados por jamais terem visto aquele tipo de lobo barulhento. Mas quando se encorajaram a enfrentá-los, uma enorme silhueta surgiu do alto dos rochedos. Os bárbaros olharam espantados aquela imagem assustadora de uma enorme cabeça com chifres e de uma grande ave com asas abertas surgir de repente. Um grito de águia percorreu todo o céu daquela planície e veio acompanhado por uma sinfonia de uivos, que chegou de muitas direções.

Das sombras da noite, surgiram dezenas de olhares azulados e orelhas atentas. Os bárbaros viram alcateias avançarem pela planície. Incontáveis lobos avançaram sobre eles e seus lobos traiçoeiros, espantando muitos deles, que fugiram para as florestas. Entretanto antes que fosse possível embrenhar-se pelos arbustos e se perder de vista, haviam alcançado a alcateia de homens e lutado contra os seus machados, as lanças e o fogo.

Os aldeões não foram capazes de entender o que a natureza havia feito. A silhueta da enorme águia sobre o alce havia desaparecido. Os lobos que haviam chegado das montanhas lutavam contra o grupo de bárbaros. Ajudaram a derrubar algumas dezenas deles ao lado da força dos homens e mulheres que restaram naquela aldeia.

Já havia amanhecido totalmente quando viram apenas fumaça e choro. As alcateias tinham partido sem demora pelas florestas das montanhas, afugentadas pelo fogo terrível que havia assolado a aldeia, e assustadas pelo cheiro do sangue dos lobos e dos homens. Apenas um lobo desconhecido foi se aproximando. Chegou perto de Lohri e a reverenciou. A loba alfa retribuiu.

— Agradecemos a ajuda, mas... de onde vocês surgiram?

O lobo desconhecido voltou o focinho para o céu e depois para Lohri.

— Ouvi o Grande Uivo noites atrás e parti com minha alcateia para cá.

— Você então também soube da *domesticação?*

— Domesticação? Não sei o que é isso.

— Se você ouviu o Grande Uivo, é porque é o lobo alfa da alcateia e recebeu uma missão dos ancestrais.

— Sim, nossa missão era proteger vocês e essa gente.

— Como assim?

— Não sei qual era a missão de sua alcateia, mas a minha está cumprida.

Um uivo foi ouvido. Lohri e o lobo se voltaram para a montanha; a alcateia dele a esperava. Ele reverenciou Lohri e seguiu seu caminho, até desaparecer por trás da montanha.

Lohri se juntou novamente à sua alcateia.

Os aldeões olhavam curiosos para aqueles cinco lobos que haviam conduzido tantos outros lobos até ali. A alcateia de Lohri, mesmo tentada a fugir, permaneceu. Nino e Felícia estavam com eles, também feridos, e à procura de Kushi.

— Uma coisa me intriga, Lohri. De onde vieram esses lobos? Por que nos ajudaram?

Ela sorriu para ele e simplesmente respondeu.

— Você devia confiar mais nos ancestrais, Ludo.

O lobo negro ficou pensativo. Já era tempo de fazer as pazes com suas antigas crenças. De repente, farejou algo:

— Encontrei alguma coisa aqui — disse Ludo.

Ele estava esperançoso ao notar o cheiro familiar de Kushi sob um amontoado de tecidos. O lobo enfiou o focinho negro e cavou à procura da loba. Mas algo o fez saltar para trás, espantado. Lohri avançou, acreditando que fosse um lobo bárbaro, mas viu que estava completamente enganada.

— Leksy, venha ver isso — falou, olhando nos olhos da velha branca.

A loba avançou um passo e os outros se aproximaram, ansiosos para ver o que havia de tão extraordinário diante deles. Então, viram um pequeno filhote humano abraçado a Kushi. Ele olhava para os lobos, assustado. Chorou ao ver a sua aldeia destruída. A loba ferida olhou para Leksy de forma hipnotizante.

A alcateia de Lohri se afastou ao ver que um grupo de aldeões havia se aproximado do pequeno filhote humano ao ouvir seus lamentos. Decidiram voltar para os rochedos de onde melhor podiam ver o que se passava na planície. Nino e Felícia ficaram para procurar por mais feridos que pudessem estar sob as tendas e nas florestas.

— Não há como levarmos Kushi conosco — falou Lohri para que todos ouvissem. — Ela está muito ferida.

— Mas nada nos impede que possamos viver nestes rochedos à espera de sua recuperação — sugeriu Anik, com esperança. — Ainda não terminamos.

A grande loba alfa olhou para a aldeia e contemplou o que sua alcateia havia vivido nos últimos dias. Entendeu que eles jamais seriam os mesmos.

Nino, que olhava para a aldeia destruída, sentiu grande tristeza. Pensou como era possível haver lobos tão terríveis quanto os bárbaros que haviam causado tudo aquilo. Enquanto isso, os aldeões imaginavam como seria possível haver homens tão terríveis quanto os próprios lobos. E, naquele dia, Kushi, ao lado do menino, entendeu que os lobos podiam ser mais perigosos do que os homens, e que essa decisão cabia ao próprio lobo, assim como a mesma decisão cabia ao próprio humano.

Capítulo 19

Os aldeões reconstruíram suas tendas pela planície, mas Kushi e os cachorros entenderam que ainda assim eram poucas moradas. Isso podia significar muitas coisas na vida daquelas pessoas. Várias delas pereceram no confronto e perderam tudo o que tinham.

Kushi, com cuidado, conseguiu caminhar pelos arredores da aldeia. A loba melhorava a cada dia, sentia menos dores, mas algo estava diferente em seu andar. Não teria mais aquela antiga agilidade de uma loba exemplar. Sabia que sua alcateia não estava longe. Podia ouvi-la uivando durante as madrugadas que se seguiram. Aquela era uma forma de avisá-la que a estavam esperando. Numa manhã em que o Sol chegava timidamente, Kushi procurou por Nino e Felícia. Ela precisava de um importante conselho.

Nino a viu caminhando pensativa, em sua direção. Então sentou-se ao seu lado, olhando para a aldeia e para todos os que nela trabalhavam. Aquelas pessoas queriam voltar a existir.

Felícia chegou tão rápido que foram capazes de ver a neve ser jogada para cima. Estava ansiosa para saber o que os lobos iriam decidir.

Kushi olhou para aquelas pessoas, que haviam acabado de acordar com o nascer do Sol.

— O que está achando deles? — perguntou Felícia.

Ela também havia acabado de acordar. Mas Kushi não conseguia dormir durante a noite. Algo a instigava a olhar para as montanhas.

"Engraçado", pensou em silêncio, "os homens têm hábitos diurnos. Nino e Felícia também. Mas os lobos, não." Então, suspirou longamente, percebendo que os cachorros acordavam e iam dormir no mesmo horário dos seres humanos.

— Creio que o destino do lobo seja estar ao lado dos homens — falou Kushi, olhando agora para Nino. — Mas não vou negar que temo por esse destino.

— Você tem toda a razão — disse Nino. — Não lhe disse antes o que vou lhe dizer agora, pois não queria que tivesse uma ideia errada dos homens. Mas fui abandonado quando era filhote. A fome veio como uma chuva torrencial, mas um homem chegou antes da minha morte e tornou-se meu dono; e essa é minha história. Tenho um dono, mas temo em pensar que meus irmãos não tiveram a mesma sorte.

Felícia sentou-se diante de Kushi e suspirou.

— Fui encontrada sob o Sol escaldante, amarrada por dias, sem água para beber. Quando quase aceitei que a morte viria para me levar, uma pessoa me soltou. Depois desse dia, percebi que muitos homens não querem a responsabilidade de ter de olhar para nós todos os dias. Não se pode controlar o destino, mas podemos ter a sorte de uma pessoa apiedar-se de nós. Muitos não têm a mesma sorte — então parou para pensar. — As pessoas são mais poderosas que o destino. Elas podem optar por adotar um cão, elas podem escolher. Mas até hoje vivo nas ruas.

Kushi escutava tudo aquilo, compenetrada.

— Um filhote de cão não consegue imaginar o quão terrível pode ser ter nascido. Isso talvez significará seu abandono, sofrimento e morte — continuou Felícia, com tristeza no olhar. — Mas essa inocência dos filhotes os protege do mundo, até que os homens decidam pelo seu destino. Como disse, eles são mais poderosos que o próprio destino porque são eles que decidem pelo amanhã de muitos filhotes, cães jovens e velhos.

— O pai do filhote de homem que cuidava de mim não sobreviveu — disse Kushi com pesar. — E não há mais ninguém para protegê-lo, a não ser as pessoas da aldeia.

Felícia olhou para ela, triste, e abanou a cauda. Entendeu que Kushi estava disposta a pensar sobre seu próprio destino.

— Quero voltar para a minha casa, pois as ruas são o meu lar — disse Felícia. — Mas voltarei esperançosa para encontrar o dono que o destino me reservou. Vejo que um lobo pode escolher seu destino ao lado de um homem na mesma medida em que todo homem procurará um companheiro como o lobo.

— O mundo dos homens é mais perigoso do que imaginava. Pensava que os homens não tivessem predadores, mas sua própria espécie se dispôs a destruí-lo — disse a loba, pensativa. — O menino é só um filhote indefeso.

Kushi sentiu que havia lágrimas nos olhos e um vazio muito grande. Precisava fazer sua escolha.

Capítulo 20

Nino e Felícia, naquela noite, olharam para as montanhas. Já não sabiam há quanto tempo ali estavam. Ela viu tristeza e preocupação nos olhos de seu amigo. Nino não comia quase nada oferecido pelos humanos, e passava a maior parte do dia olhando para as montanhas, como se esperasse que a alcateia voltasse para buscar a ele e a Felícia, e levá-los de volta ao seu verdadeiro tempo. Felícia também estava ansiosa por rever seus amigos das ruas, esperançosa para saber que, durante sua ausência, tivessem encontrado um dono. Jurou a si mesma jamais perder a esperança de poder encontrar seu próprio dono.

Naquele dia em que a névoa era densa e vazia para a memória de um cão, Nino sentiu o cheiro da alcateia de Kushi nos arredores da aldeia. O olhar de Lohri surgiu, esboçado na escuridão, seguido dos olhares ansiosos de Ludo, Anik, Nipo e Leksy. Os uivos de Kushi revelavam que havia recuperado sua força, apesar de que, no fundo, ela bem sabia que não voltaria a ser a exímia caçadora que um dia foi. Mas estava na hora de ir buscá-la, de ela se juntar à sua família novamente.

— Você acha que ela virá? — falou Nipo, preocupado.

— Creio que sim — respondeu Ludo, sem muita certeza.

— Ela não parece mais ter medo dos homens — Anik observou. — Foram eles que a salvaram.

Lohri e Leksy se entreolharam, temerosas pela escolha de Kushi.

Nino e Felícia ganiram felizes por aquele reencontro, que significaria o retorno tão esperado para casa. Eles não estavam acostumados a todo aquele frio.

Kushi olhava o reencontro, distante. Contemplava sua alcateia com um olhar triste, talvez quase tão vago quanto um sopro de vento longo e monótono. Lohri e sua alcateia admiravam a recuperação da loba e a contemplavam, ansiosos pelo seu retorno.

Mas, suavemente, a imagem do olhar de um filhote humano foi ficando nítido em meio à névoa... Ele viu Kushi sentada e tocou seu pelo macio, sempre fascinado pela sua beleza. O pequeno viu que a alcateia estava do outro lado, esperando-a. Kushi devia partir com os lobos. O menino lhe disse coisas que ela não pôde entender, mas ela compreendeu, naquele olhar, o sentimento do pequeno.

Kushi olhou mais uma vez para Lohri e sua família. Voltou seu olhar para Nino e Felícia, que meneavam a cauda graciosamente. Ela havia compreendido a importância daquele encontro com os lobos do amanhã e seus ensinamentos sobre o mundo humano. Já dizia a velha Tuska, mais ou menos assim: *Somente um lobo que houvesse vivido entre homens saberia lidar verdadeiramente com eles.*

Kushi virou-se de costas para a alcateia, de modo que o filhote humano pudesse olhá-la bem de frente e à sua altura. Notou que ele sofria diante dela, calado. Os olhos dele tinham o mesmo brilho do olhar de Nino quando falava de seu dono. Ela entendeu que ele chorava. Então, o filhote humano a abraçou e Kushi não saiu mais de seu lado.

Não havia animal ou ancestral que não pudesse perceber que o destino do lobo estava selado com o destino dos humanos, assim como o percurso dos rios estava escrito nas curvas dos vales.

Capítulo 21

Nino e Felícia olhavam para o céu, encantados com a beleza mística do Monte dos Uivos. Havia um suspiro em cada um ali, movido pela força da divindade ancestral e pelas formas que utilizavam para ensinar os lobos sobre as verdades.

O grande cão e a pequenina estavam ansiosos por aquela viagem. Eles se perguntaram por que foram os escolhidos para aquela tarefa de mostrar aos lobos sua importância na vida do ser humano. Recordaram-se de que, pouco antes de irem parar naquela jornada, Nino e Felícia sonhavam com seus donos. Ela, pelo menos, sonhava em ter um.

O guincho da águia-dourada ribombou pelo horizonte. Suas asas se abriram, seus olhos se fecharam. Um fio de luz fosforescente desceu do céu e atingiu a neve. Um brilho se espalhou pelas sombras das árvores, encobrindo os cachorros. Um calor os preencheu rapidamente e, quando se deram conta, estavam dentro de um círculo azul brilhante. Diante deles, inúmeros velhos lobos os olhavam. Então, tiveram a certeza de que todos ali já haviam vivido naquelas montanhas. Os cachorros imediatamente entenderam que olhavam para os seus ancestrais.

Nino e Felícia se olharam por uma última vez, até que suas imagens se esvaíssem completamente, como a neve em seu degelo.

Capítulo 22

A alcateia sempre passava pelos arredores da planície onde existia a aldeia de homens. Os lobos costumavam uivar em saudação a Kushi, que rapidamente retribuía àquele chamado com o majestoso uivo de uma loba das montanhas. Ela havia feito sua escolha. Escolhera o destino dos lobos, selando seu fado com o de um filhote de homem. Os lobos que conheciam aquela emocionante história lembravam do pequeno filhote humano pelo nome de *Dono*.

***

Assim meu bisavô terminou a história de Kushi, e eu pensei sobre a responsabilidade que eu havia herdado com os homens depois de conhecer toda aquela lenda e sua importância como um *dono*.

— Então o destino do lobo também é a minha responsabilidade — disse ao meu bisavô, que sorriu satisfeito com a minha conclusão. Era inevitável viver com um cão depois de toda aquela história.

— Os cães nos consagram como consagramos uma religião — explicou ele. — Veneram-nos como seus heróis e fazem com que nos sintamos extraordinários. Fazem-nos sentir extraordinários quando nos vemos tão frágeis e pequenos perante o mundo.

E, ao dizer aquilo, olhamos mais uma vez para a aurora boreal, que dançava silenciosa sobre nossas cabeças.

— E há quem diga que, se pudéssemos isolar o amor de um cão, não haveria lugar possível onde guardá-lo — findou ele.

Então, meu bisavô se levantou e eu o segui por alguns minutos, em silêncio, procurando entender o que mais me contaria sobre aquela extraordinária lenda. Quando circundamos a trilha pela encosta das montanhas e desviamos de alguns rochedos, arrepiei-me diante da grande planície que vi se abrir à frente dos meus olhos. E bem ali, ao longe, pude ver claramente um ambiente que mais lembrava um conservado sítio arqueológico. Ao devolver-lhe meu olhar de espanto, meu Biso sorriu para mim orgulhoso, com os braços abertos, como sempre fazia:

— Todo cão do mundo tem em sua alma o semblante da alma de Kushi.

Nós nos abraçamos ao contemplarmos um magnífico totem esculpido em tronco de sequoia. Representava um belíssimo lobo que levava sobre sua cabeça um majestoso alce que, por sua vez, carregava uma grandiosa águia de asas abertas.

Paola Giometti

Nascida em 7 de dezembro de 1983, é bióloga, Ph.D em Ciências e escritora. Aos onze anos, foi considerada a mais jovem escritora brasileira, com a publicação do livro *Noite ao amanhecer* (1994). Escreveu a série Fábulas da Terra, composta pelas obras *O destino do lobo*, *O código das águias* e *O chamado dos bisões*. Publicou também *Symbiosa e a ameaça no ártico*. Atualmente vive em Tromsø, na Noruega, onde dá continuidade à sua carreira literária.